挫折と再生の季節

岡井 隆

TAKASHI OKAI

ながらみ書房

目次

挫折と再生の季節◉一歌人の回想《メモワール》

一九七〇年夏

――出奔のあとさき

一九七〇年（昭和四十五年）の七月といふのは、ぼくの記憶では、いつまでも梅雨が続いてゐて、東京は蒸し暑く、雨雲の下でもの暗い生活が続いてゐた月だ。

東京都小金井市東町にあつた家では、大ていの男女が不仲になつた時におきさうな心理劇が、日夜ひそかに続いてゐた。日本型私小説によくありさうな会話を、ここで再現する必要もないだらう。

勤め先の病院では、ごく平凡な内科勤務医としての仕事と、中間管理職として院長を助けて労働組合の動きを牽制する仕事とが課せられてゐたが、周辺から見ても、さう活発な医師とは見えなかつたらう。自分でも、何か目標を失つた舟のやうな、漂流感があつた。

ぼくが、東京を―といふか、その時の生活一切を脱却して、どこか遠くへ行きたいと考へるやうになつたのは、多分、その年の春ごろからだらうと思ふ。一年前の一九六九年の春からつき合つてゐた二十歳の女性が、七〇年の春に転職して郷里の信州に帰り、会ふことも月何度かに限定されるやうになつた。そんなころから、ぼくはその女と一しよに、東京を流出して、東京の一切とは全く別のどこかへ逃走したいと思ふやうになつた。

そんな風に、今一応、書いてみる。これで正確な描記かどうかといへば、心許ない。あの時の動機は、ぼくの心の奥に深く蔵はれてゐるのだらう。回想といふ手段では、上澄みのあたりしか、掬ふことができない。

ぼくは、日記をかなり丹念につけるたちだが、このころの日記は、失はれてしまつてゐる。ただ、二つ、日付のある文章が残つてゐる。

「歌集名は、発生機の酸素といふ意味で＜〇＞と名付けた。右のやうな訳（注、文中に先行する箇所でその説明がある）で、どうしても「習作帳から」とか「少年素描集」とか「練習船」とかいつた題名がぴつたりしないのである。しひて呼べば＜模写と演習＞位であらうか。／おもへば、この集の終末の時点で歌をやめてもよかつたのである。ところが、現実は、模写のモチーフのほかにも幾つかの動機を用意して、四半世紀にわたる歌作をうながしたのであつた。／跋文がはりに添へた短文集は、昭和43年夏から44年春にかけて書いたもので、この集の背景を理解するのにいくらかでも役立てば幸ひである。／昭和45年7月18日／著者」

これは、のちに思潮社から出版（一九七二年刊）された、『岡井隆歌集』といふ、大きな版の厚い全歌集の中に収められた、歌集〈〇《オー》〉といふ初期歌集につけた跋文の終結の部分である。「7月18日」。この十日程のちに、ぼくは、鞄一箇をさげて、二人連れで、新幹線、在来線とのりついで、宮崎市へ行つたのだつた。

「おもへば、この集の終末の時点（つまり、十九歳の時）で歌をやめてもよかつたのである。」とは、何といふ未練がましい口吻であらうか。多くの少年がさうするやうに、ほんの数年熱中しただけで、文学を捨ててゐたら、おそらく、今自分が置かれてゐるやうな苦境には陥らなくてよかつただらうに。さう言つてゐたのである。尚、ここに書いてある「跋文がはりに添へた短文集」は、ある書評新聞に連載したコラムの文章で、散文詩とも読むことができる。それで、今秋（一九九七年）出す予定の岡井隆詩集『月の光』にも収録してある。この短詩群も、そのつもりで読むと、ぼくの「逃走」直前のころの心境を、さまざまに反映してゐるのである。

（いま、あらためて調べてみると、『韻律とモチーフ』大和書房一九七七年刊、の中に収録されてゐる「歌の余白に」といふ短文集も、歌集〈〇〉の「跋にかへて」と同じ位、あのころの心理を反映してゐる。一言でいへばものの見方の根本のところが、病んでゐて、ニヒリズムに親しんでをり、政治的にはアナキストである、といつた印象だ。）

もう一つの日付のある文書といふのは、いま言つた思潮社版『岡井隆歌集』の「書誌的解説とあとがき」の最後のところであつて、やはりそのころのぼくの心の内を反映してゐるくだりがあるから、一寸、引用してみよう。

「右のごとく、本書は、歌集六冊分の内容を持ち、昭和20年著者十七歳の秋から、同45年四十二歳の夏にいたる二十五年間の作品歴が大凡のところ鳥瞰出来る仕掛けになつてゐる。なんといふ厭《いや》な本であらう。厭ならやめればいいのにそれを敢へてするとは、なんといふおろかしさなのであらう。さうおもへばこそ、わたしは、本書の出版を長くためらつて来たのであるが、或る私的事情を機縁として刊行へ踏み切つたのである。／本書は『眼底紀行』以来の縁で、思潮社から出版される。社主小田久郎氏はじめ同社の人達、とくに前著にひきつづいて編集製作に当られる川西健介氏に深く感謝する。／昭和45年7月23日／岡井隆」

かういふ結びである。

ぼくは、そのころ現代歌人協会の理事をしてゐたので、この七月の何日かに、同じく理事だつた故前田透氏を訪ねて、話をきいてもらつた。理事をやめることになるだらうこと、一切の文業を捨てることになるだらうことを言つて、その節には、理事会に伝言して欲しいことを言つたかと思ふ。真意が伝はつたとは思へなかつたし、わざわざ訪ねて行つたぼくの話が、氏のあらかじめ予想してゐたこととひどく違つてゐたらしく、前田さんは驚いてゐた。篠弘氏や島田修二氏のやうな仲間意識のつよかつた理事ではなく、前田理事を訪ねたのは、多分、理事会でのこの人の態度が、公平だつたのを見聞きしてゐたからだらう。それに、あまり近い人に対しては、私事は語りにくいものだ。

七月二十三日といふ日（さきに引用した「書誌的解説とあとがき」の日付）から、ぼくが本当に出奔してしまふまで、五日ほどしかない。その間に、ぼくは、川西健介（思潮社の編集者）に会つて、全歌集の原稿すべてを手渡した。かへりがけに、国電の市ケ谷駅のくらいホームに並んで立つて電車をまつてゐた時、川西氏が、

「岡井さんが、今一番……にしてゐるのはなんですかネ」

と言ふので、返事の中へ告白をひそかに混入させたい気分で一杯だつたぼくは、

「それはやはり、オンナだなあ」

と呟き、川西氏は、ハッと顔をそむけて、

「平凡なこと言ふんぢやネエや」

だが、その時のぼくにとつてそれは「平凡」でもありきたりでもなく、その柱をテコにして運命をある方向へ向けて横転させようと思つてゐたばかりなのだ。

後日譚になるが、川西さんはその後、思潮社をやめた。ぼくのその全歌集風の『岡井隆歌集』を、二年後、ぼくの沈黙の期間に敢へて出版してくれたのは、小田久郎氏だつた。

日付ではつきりしてゐるのは、七月二十三日に、歌集のあとがきを書いたといふところまでである。

そして、出奔の直後、宮崎市の公務員（?）の保養所のやうな簡易宿舎を借りて、書き始めたのが、その時どうしても書きたいと思つてゐた『茂吉の歌私記』（一九七三年二月、創樹社刊）であつたが、その日録風の記述の第一日目は、「一九七〇年七月三十日／重い朝の雲がやがて刷毛ではいたやうな巻雲にかはると青空がうつすらとひろがつた。茂吉の歌の注釈をはじめる。昨夜は驟雨があつたのか宮崎の街は濡れてゐる。熊蟬の声がちらちらと遠くから降つてくる。」というのである。

『茂吉の歌私記』は、かういふ書名も、むろんあとからつけたので、発表の意志はなく、自分のためだけに書いた。さういふ純粋な書きものをすることができるといふこと自体、それまでの自分の生活に対する復讐めいた行為であつて、

「へ。ざまあみろ」

といつた気分であつたかと思ふ。のちになつて「ざまあ見」るのは、自分なんだと思ひ知らされるわけであるが、その時はさうとはつゆ知らなんだのである。

日付にこだはると、七月三十日朝に書きはじめるといふことは、二十九日には宮崎に居たことだ。ぼくは、遅くとも二十八日に東京を発つたはずである。

ぼくが、今ごろになつて、四十二歳のころの自分を批判するのもどうかといふ向きもあらうが、最大の失敗といへば、かうした文学的意図をかくし持つた、狂気の沙汰について、誰にも、同行した女性にも、一切説明しなかつたし、理解も求めなかつたといふことであつたらう。

一九六八年から七〇年あたりの社会状況を『昭和史ハンドブック』(平凡社)で、ほんのすこし復習しておきたい。その時のぼくの歌を、傍証のやうに掲げてみようか。

一九六八年(昭和四十三年)一月十五日米原子力空母佐世保入港阻止の反日共系学生、東京・飯田橋で警官隊と衝突。一月十七日佐世保で衝突。一月十九日エンタープライズ入港。

この記事で直ちに思ひおこす二人の知識人の名がある。一人は、国文学者の松田修氏。氏はいま病気中ときいてゐるが長く執筆をやめてをられる。しかし、当時、福岡女子大の教授として、特異な近世文学の研究家であり、短歌も作つてゐた松田氏と、ぼくは親しくしてゐた(といつてしまふと、微妙な関はりが消えてしまふ。塚本邦雄氏といふ、ぼくの友人であり、すぐれた歌人である人が、松田氏を少しいぶかしげに見てゐたといふ記憶があるからだ)。

その後の活動分野からすると(それは反社会的また唯美的な、頽唐の世界といつてもいいだらうが)およそ考へにくいのだが、「反エンタープライズ入港」の、反原潜のキャンペーンを張つた本を、松田氏は作つた。ぼくは、医学会で博多へ行つた時、松田氏と海岸へ遊びに行つたりした。たしか松田氏の家へも行つて、夫人の手料理をご馳走になつた記憶が、いま書きながら、よみがへつてくる。

この時、いはば、松田氏のために書いた作品が、次のやうなものであつたのだ。


そのあした女《ひと》とありたり沸点を過ぎたる愛に〈佐世保〉が泛《うか》ぶ

微視的に微視的に見て動きゆく群衆はなほ言葉を信ず
状況を大摑みして推移する椿の花の群らがりのある
ラスコールの一人あらぬか口づけて祈《いの》る大地のかぐはしきまで
もしそれを暴力と呼び得るならば月射せよいとふかき水まで

歌は『天河庭園集』と新編『天河庭園集』とで、少し違つてゐる。この五首目は、∧それをしも暴力と呼びうるならば月射せよふかき水の底まで∨と改作された。原作、改作どちらがいいのか、もう今になると分からない。

さて、ぼくの歌は、佐世保港における反日共系の学生・市民団体の実力行使、棒や石や火焔びんによる反抗を「暴力」とよんで、しかも、「あれを暴力といふならば、一体、権力がとつてゐる力とは何だといふのか」と怒つてゐるのだが、「月射せよふかき水の底まで」といふ下の句は、なんだつたのであらう。

かういふ韜晦《とうかい》ともとられかねない、問題の逸《そ》らしといふのは、ぼくの昔からの歌のくせでもあるのだが、それでいいのか。

メッセージは散文で伝へればよい。詩歌はメッセージではなく、言葉によるイメージの喚起である。さう思つてゐたのであらうか。

それにしても、状況を「微視的に」みて移動する群衆。大づかみにつかんで、赤旗を椿の花のやうにかかげて、つつ走つて行く群れもある。その中で、その折々の状況を、なるべく微視的にみて、柔軟に応じようとした人達は、まづは、言葉の力を信じてゐたのではないか。その言葉が通じないといふ段階に至つて始めて、「暴力」の段階に突入したのではなかつたか。さういふ力の行使をどうしてやすやすと、「暴力」よばはりをするのか。それにしても、ぼくのシニシズムは深かつたといふべきか。

人々が傷つき、うめいてゐる現実に、まだこの世のしくみが変革されるかも知れない可能性を（とくに、反日共系の学生たちの運動の中に）見ようとしてゐた。そんなものの非現実性は、わかつてゐた。だから、絶望に賭ける快感に酔つてゐたといつていい。アナキズムへの心的傾斜は、あらはだつた。破壊が――それも、傍観してゐる破壊が、よかつたのである。危険だつた。かうなれば、自分自身だつて、壊しかねなかつた。

「そのあした女とありたり」といふ。女との愛ももう沸点をすぎてしまつてゐる。その愛のさなかに、あのエンタープライズ入港の〈佐世保〉の敗退が、小気味よく「泛ぶ」のである。「沸点を過ぎたる愛」は、すべてのイデオロギーに対して、すべての生のエネルギーに対して、ぼくの中に存在してゐたといつていいだらう。すべてが、敗退によつて終つた海の水の「ふかき水の底まで」月よ、お前だけ、ふかぶかに射し入れよ。体制のいふ「暴力」も、深く入ることは出来なかつたし、ぼく自身の「愛」も、人の心の底まで射し込むことはなかつたのだ、という風に、今となつては、パラフレーズしてもいいであらう。

因みにいへば、松田修氏は、ぼくが出奔する前後から、特異な才質の国文学者としてたくさんの仕事をした。ぼくが休筆してゐた五年ほどの時は、この人のもつとも活動的だつた時なのではあるまいか。そして、ぼくが歌界に復帰した七〇年代後半から八〇年代後半にかけて、次第に、（わたしと入れ替るやうな形で）筆をさめて行つたのであつた。

もう一人〈佐世保〉事件で、想ひ出すのは、この回想録の第二部で触れた故村上一郎のことである。佐世保の市民運動について、冷めた目でみてゐた村上一郎が、結果として正しかつたのは、いふまでもない。だが、ぼくは、どうしても、あのころ、虚無に賭けたかつたのである。

男とは常惹《つねひ》かれてよあさつきの朝粥の舌刺せば憶《おも》ほゆ　『天河庭園集』

といふ歌がある。この「男」は、つねになにかに「惹かれて」ゐるが、「男」という奴は、それでなくても、なにかの対象に「惹かれ」てゐる存在なのだよ。さういふ係恋のこころの中で、一九六八年の〈佐世保〉も、また全共闘派による新宿駅占拠事件も、六九年の安田講堂の攻防も——実は権力側にしてみれば、いら立つ群衆とじやれてゐただけにすぎなかつたのに——うかんでは消え、消えてはうかぶうたかたのやうだつた。

二

母神の娘たちと須佐之男部長

——医局でのエピソード

1

山梨県立文学館で、ひらかれてゐる「二十一世紀への架橋　現代歌人の宴」（一九九七年十月四日—十二月七日）は、現代短歌の歴史を語る、さまざまな資料やら写真やら、多数展示されてゐて、ぼくのやうに、この五十年のあひだ、あれやこれやの場面に立ち会つて来た者にとつて、格別に興味ふかいものがあつた。

何度も、家出をして、「物」を失つて来たぼくが、すつかり忘れてゐたやうな文書——たとへば「青年歌人会議」の関係の名簿とかリーフレットの類ひも展示されてゐた。吉田漱さんが提供された「物」も多いときいた。

馬場あき子、篠弘、佐佐木幸綱の諸氏に、館長の紅野敏郎さんをまじへて、オープニングのリレー・トークの直前の短い時間を利用して、館内を大いそぎで回つただけだが、思はず声をあげて叫びたくなるやうな写真（集合写真）もあつた。

ところで、かうした文書や写真の類ひ――つまり証拠物件は、何を伝へる「物」なのであらうか。一首一首、作り上げては手帖に書き込んで行く創作者の心理とは、一応別のものなのではあるまいか。

色紙とか、著書とか、文学運動のパンフレットとかは、むしろ、創作者の心の動きを、かくしてしまふところがある。

六〇年代の終りごろから、七〇年代の中葉に復帰するまで、歌集でいふと、二度の編集になる『天河庭園集』から『鵞卵亭』にいたる期間のぼくの歌は、他者にわかつてもらふことを第一の目的とはしない、ものぐらいモノローグだつたといふ点で、共通してゐる。証拠となる「物」の向う側の、闇の中の独白が、えんえんと続いてゐる。

ひむがしに雷《らい》はきこえて愛さるるには濃すぎるか髯もこころも

男は、いつだつて何者かに惹かれ続ける存在だと、かつて言つた。と同時に惹かれながら、つねに、排除され遠ざけられる経過をたどるともいへる。何者に、遠ざけられるのかといふ時、それは女にである、と言つてもいいのである。ぼくは、そのころ、大地母神の流れをくむ魔女、魔神としての女を信じてゐた。

そのころ、芝白金三光町の界隈に、魔女が数人住んでゐて、ぼくをからかつてよこした。「永遠に女性なるもの」といふゲーテ風のよび方があるが、あれも地母神を諷したものに外ならない。結局、男の一生といふのは、地母神にふりまはされる一生なのである。地母神の娘たちを通じて、「女性なるもの」を深く知つて行く一生なのである。

ぼくが、あのころ知つてゐた地母神の娘の一人は「あなたは、髯もさうだが、こころが濃厚すぎるのね、愛の対象としては」と言つた。部屋には、彼女の書き散らした労組のポスターの類ひが散乱してゐて、女はその出来ばえに、いたく満足の様子にみえたが、なに、母神の手先にしては不細工に過ぎらあとぼくは思つてゐた。むろん、そんなこと言へば食ひ殺されるから言ひはしなかつたが。

紅葉《もみぢ》して一つの声に耐へしかどおもひは激《たぎ》つ夕かげるまで
雨の夜の繊《ほそ》きこころを分けながら独りのごとく飲みて居たりき

この時は、箱根の仙石原のどこかの会社の寮で、病院の医局だけの懇親会があつて一夜宴会をひらいたのだつた。仙石原をもぢつて「炎語苦原にて」と題をつけたほど、ひどい状況の中で、放心したまま、箱根へ行つた。
紅葉の山々がある。当然である。紅葉を狙つて登山して来てゐるのである。東の方《かた》、雷のとどろくあたりに棲んでゐる母神の娘の言ひはなつた「一つの声」は、はるかにこの山中にあつても、ひびいてやまない。その声に耐へながら、医局の連中に混つて行動してゐるのだが、一向に心は鎮まらない。折しも秋雨が降つて来た。「纖きこころ」、まことに纖細にすぎる心の纖維を一本一本分けながら、大勢の中なのにひとりで飲んでゐるみたいに物思ひに沈んで飲んでゐたのである。

號泣をして済むならばよからむに花群るるくらき外へ挿されて
ブルデルの弩《ゆみ》引く男見つめたる次第に暗く怒るともなく

號泣。怒り。「外へ挿されて」ゐるのは、ぼく自身が、花のやうに扱はれて、外側に挿されてゐるのだ、一本の暗い花のやうに。泣きわめけばいいのに、それも出来ない。ブルデルのあの高名な彫像の男も、母神のこころを狙つて弓をひいてゐる。その矢はうまくあたるだらうか。あたらないだらう。「男」の力は、暴力的になればなるほど、的をはづす。

2

おびただしき鉄器加へて肺を截る外科医羨《とも》しく立ちまじりたる　『天河庭園集』
情況の要《かなめ》ゆびさすたゆたひを大寒の夜の外科医に見たり　『歳月の贈物』
皿二つ夕べの糧《かて》をたたへたり芝白金に人をあやめ来て　『マニエリスムの旅』

上司といふには、医局の組織は個々まちまちで、医師たちは別段、上からの命令では働いてゐないのである。それでも、その大荒れに荒れる須佐之男型の部長は、先輩には違ひなく、部長だから上司つてことになる。だが、すこしななめの位置から、ぼくを見てゐたのは、こちらが内科医を目指して研鑽をつんでゐるつもりなのに、相手は外科医だつたからだ。

内科医からみると外科医といふのは「羨しく」思はれる。その反面、荒々しくもみえる。一つ一つの手技や行為が、数人の人の環視の中で行なはれる。かれは、荒々しくも、決断早くやつて行かなければならない。その点、内科医は、即事の瞬間の判断（それも必要な場合があるが）よりも、じつくりと調べて考へるのが主調である。ＮＨＫ・ＢＳテレビの「ＥＲ」（緊急医療室）でみるやうな、緊急治療医の場合は、また別である。肺結核医から、成人病医へと、領域を移しては行つたが、ぼくのやつてゐたのは、じつくり調べて考へて処置する、旧い型の内科医の仕事だつた。

肺の手術には、何回となく立ち合つた。始めのうちは、第二助手とか第三助手とかをつとめて、鉤を引いたり、皮膚を縫つたりすることもあつた。さうしながら、開胸されたときの肺や心臓の動きをみる。外科医が、孤独に耐へながら、さまざまの鉄の器具を、くせのあるやり方であやつつて、肺の一部または肺葉とか、片肺とかを、長い時間かけて切除して行く。その四時間も五時間もかかる忍耐づよい作業、と同時に、退屈ともいへる単純な作業のつみかさねを見学することになつた。

のちに、胃の切除材料の病理学的検査を引きうけるやうになつてから、切除胃をもらふために、手術場へ出入りするやうにもなつた。胃の切除術といふのも、根気のいる作業なのだと知つた。

「情況の要《かなめ》ゆびさすたゆたひを」の歌は、芝白金の病院の歌ではなく、豊橋の国立病院へ来てからの歌である。患者を診てゐて、これは外科医にゆだねた方がいいな、と思つて、その決断を迫られることがある。いつまでも内科が持つてゐては、生命にかかはる場合がある。外からみるほど、この決断は易しいものではない。患者の内部に進行してゐるプロセスが何であるのは、見きはめがたいことが多いからだ。

ぼくは、大体において、かういふ時の外科医の「情況の要ゆびさすたゆたひ」——つまり、ためらひとそのあとの決断の姿が好きだつた。ぼくには外科医を、やや盲目的に信じてゐる嫌ひがあつた。甘いといはれればその通りだが、人間の能力を理想化したがるのは、ぼくの、むしろ長所ではないか知らん。

さて、東京の病院の上司の須佐之男部長は、荒御魂《あらみたま》のもち主であつた。肺切除の名人であつた。その代り、人のこころを腑分けするには長けてゐなかつた。

須佐之男は、かの地母神の娘と知り合ひであつて、娘も須佐之男部長を支へてゐたと思つたのは、ぼくの錯覚か妄想だつたのかも知れないが、さう思つてもをかしくないエピソオドもあつた。

ぼくの記憶のなかでは、大きな広間でひらかれた宴会の席がひろがる。それは箱根ではなかつた。どこかの瀧を見に行く病院全体の小旅行の時だつた。部長は言つた。

「おまへは、院長の腰ギンチャクだらう。まあ、一杯のめ。」

「ぼくは、院長の腰ギンチャクではない。」さう言つて、とりあへず飲んだ。

「おまへは、この間、洗濯男を侮辱したらう。まあ、一杯のめ。」

「ぼくは、洗濯男を侮辱したことはない。むしろ、かれがぼくを、なぶつたのだ。」さう言つて、ぼくは飲んだ。

「おまへは、この間、患者の手術に立ち会ふのを逃げて、霞をたべに行つたらう。まあ一杯のめ。」

「ぼくは、逃げたのではない。地母神の娘がここは立ち会ふまでもないと言つたので、霞ではなく雪を食べに出たのだ。」さう弁解して、一杯のんだ。

かうして、際限もなくのんでゐるうちに、ぼくのこころの中に、殺意が生れて来た。はじめは、草の芽のやうに小さな殺意が、一杯また一杯とのんで、のまされて、酒量をはるかにこえたあたりへと漂流しはじめたころ、はつきりとした殺意になつた。

明日、瀧をみに行くと言つてゐたな。瀧のそばで、みてろよ。瀧壺が待つてるぜ、部長さん。

しかし、結局、ぼくはなにもしなかつた。なぜなら、須佐之男部長は、翌朝、二日酔ひも程度をこえたひどいていたらくで、地母神の娘たちに左右から抱きかかへられながら、よろよろと、瀧見の道を、よろめき進んだのであつて、まことに興ざめのする光景だつたのである。

「皿二つ夕べの糧をたたへたり」の歌は、回想の歌なのだが、内科医としても、しばしば、「人をあやめ来て」の自覚をもつことはあり、その点は、外科医はもつと甚しからうかと推測した。

だが、「人をあやめ来て」の「人」は、単にさうした、医師の反省癖のもたらした感動だけであらうか。どうも、さういふきれい事ではないやうだ。

ぼくは、何度となく、須佐之男部長や、地母神の娘や、洗濯男を「あやめ」ようとし、かれらからも「あやめ」られる関係に立つてゐたのではなかつたらうか。さうした、ぼくの暗い切実な回想を、「皿二つ」ならべて「夕べの糧」をとつてゐるカップルは、話し合ふこともなく、事もなく、夕ぐれを迎へようとしてゐたのである。

3

幹くらき竹四五本を伐りいだす夜半《よは》は星擦《す》らむたかむらなかゆ

ふしぎな土地に、ぼくは、そのころ棲んでゐた。「天ノ河庭園」といふのは、ぼくの勝手な命名だけれども、必ずしも天空の庭をいふばかりではなかつた。この庭園にも、もう一人、地母神の娘が住んでゐた。

三百坪ほどの土地の、約半分位が空地にしてあつて、そこにいつの間にか、道の向ひの家から、地下をもぐつて来た篠竹が茂りはじめた。ヤブガラシのいつぱいに生えた庭に、竹が少しづつ、侵入して来てゐた。その竹を、なんのためか、ぼくは伐り出すことがあつた。むろん、ぼくは、地母神の娘の命令でやつてゐたのである。

天ノ河庭園をよぶふかき灘一夜《ひとよ》一夜に冴えまさるべく
截るためにつちかふ花の消すために画《か》く自画像の青のゆたかさ
たへがたきまで虚しさの流るるにグラジオラスよ蜂を集めて

天空に天の河が流れ、それは庭園でもあるが深い灘でもある。それは、また、この地上に花を育ててつちかつてゐる土地のことでもあつた。

本来なら、満ち足りた郊外の住宅でありさうなものだが、ぼくは、「たへがたきまで虚しさの流るる」時間の中に、生きてゐた。

庭には、藤棚があつて、時として、家のありさまが、女を含めて、

水中に頭を没《い》れて専《もは》らなる髪みだれ薙ぐ藤の夜闇《よやみ》を

といふやうに描かれてもゐる。

4

今度の甲府の山梨近代文学の「現代短歌の宴」に、ぼくは、一九六四年の草月会館での「フェスティバル律」への出品作品「孤独な女」の朗読用の原稿を提出した。（カタログにも、これは、印刷されてゐる。）

手もとには、この外に「孤独な女」（これは、詩と歌とをミックスした作品）の草稿が、みなある。これは、「宴」には出さなかつた。

「木曜便り」（ぼくが、一九六〇年代に出してゐたハガキ大の個人誌）は、篠弘氏が所有してをられるのを、館の側がお借りして、展示してある。ぼくの手許には、現物はない。ないのがあたり前で、あのガリ版刷りの葉書は、人々に郵送したから、自分では、ノートにうつしたのが、残つてゐるだけである。

それから、これも、私信の束であるから公表するわけにはいかないが、「木曜便り」に対する諸氏の返事の手紙や葉書が、手許にある。一つだけ、ぼくに先がけてドロップアウトした山本成雄のものを引用してみる。

「木曜便り毎号有難う。のびのびと自由に独り旅を楽しんで（？）おられる様子羨しく思っています。いろ〳〵な詩型も＜五・七・五・七・七のリズム＞の持つ緊密度には及ばないような気がする。つくづく強靱な詩型だと思う、短歌というものは。」（山本成雄）

かうした資料のたぐひが、どうして、今ぼくの手許にのこつたのか。ぼくは、はじめに言つたやうに、すべての「物」を捨てて家を出たのではなかつたか。

実は、これらの文書は、ぼくがまつたく別の生活をしてゐた時に、あの地母神の娘の一人が、まとめて送つてくれたのであつた。ぼくは、ふかく畏怖し、あつく感謝しながら、「物」と精神との関係について、考へ込まざるをえなかつたのだ。

三

岸上大作とアイザック・K

——朗読会の夜

1

また、いつものやうに、直ぐこの間《あひだ》あつたことと、昔を結びつけて話して行かうと思ふ。ぼくには時々、定型を蹴とばして宙へ出て行きたいと思ふくせがある。一九六七年といふから、七〇年に家出する三年前のこと、「〈時〉の峡間にて——亡き岸上大作の記念に」といふ作品を書いたことがある。その年、ぼくは四十歳にならうとしてゐた。

停滞を感じた時に、そこから出て行かうとしてあがくのは、誰しものことである。もつとも、停滞を感ずるより、停止して歌をやめてしまふ人が多い今日、停滞の時の心得を説くのは無用のわざとも思へるのではあるが、ぼくには、パターンとして、

㈠文学から、実業（ぼくなら医学、医療）へ帰つて行く。
㈡短歌から、非定型の詩へ出て行く。
㈢詩歌から、散文（ぼくの場合は、エッセイや評論や理論構築）へ移つて行く。
といふ三つの型があつたのである。

この第二のパターンの例が、今言ひかけた「〈時〉の峡間（はざま）にて」といふ手前勝手な、死者への弔詩なのであつた。この作品は、次のやうな前書きから始まる。

時の峡間《はざま》は昨日と今日の間。あなたの前髪のあいだから展ける彩杉《あやすぎ》の谷。女に触れようとしてのびる腕《かいな》と女の視線のあいだに陥入する三稜暗部。会う今日から別れの明日へ越える峠。というようにいつどこにだって在るが、そこへ行く道は曲折に富む。

今から見ると、あとで挙げる短歌や短詩の類よりも、かうした詞書めいた散文詩の中に、作者の言ひたかつたことが、しこたま仕込んであつたやうにも思へる。この時ぼくは、女との別れを痛切に悲しんでゐて、同じやうに女との別れをうたひ、「しゅったつ」をうたつた岸上大作を思ひおこしてゐたのだつた。

だから「1　山峡風物誌」「2　死者が行く」「3　月光革命へ」「4　遠くが見えない」といふ四つの部分から成る、此の作品については（まだ、だれひとり、分析的に書いて下さつた人はゐないのだが）、前書きめいた散文詩または、次のやうな長歌風の序の部分が、案外に重かつたのだと思へてならない。

君が行き日《け》ながくなりぬ山たづの　尋ねることはもはやあらぬ　待つことはもはやあるまい
＜時＞の山峡風物誌一束、戦後死人伝中の君に捧げる　ねがわくは享けよ

万葉集、巻第二の巻頭の相聞「盤姫皇后の天皇を思《しの》ひて作りませる御歌」――むろん、この作者は仮托されたもので、きはめて民謡色のつよい歌だ――＜君が行き日《け》長くなりぬ山たづね迎へか行かむ待ちにか待たむ＞を、ぼく流にもじつたのだが、ぼくの長歌風の序詩では「君」は、死者岸上大作であり、その霊にささげるふりをしてはゐる。が、実は、追ふ男と逃げる女といふ、盤姫対天皇の位取りを逆転した思ひがモチーフとしてしのばせてあつた。「待つことはもはやあるまい」とは、大きなため息と共に吐き出された歎声だつたのだ。

さこそあれ、さきに掲げたもう一つの詞書の中の「あなたの前髪のあいだから展ける綾杉の谷」などといふ詞が出て来てゐたとも知れる。

もつとも、さうは言つても、主題はあくまで岸上大作といふ「戦後死人伝中の君」には違ひないのであつた。

かうして、詞書または序詩が、短歌とは違ふ形をとつてゐるのは――そしてちがふ形ではある

が、ある律文と韻文の調子をとつてゐるといふのは、やはり、ぼく自身、短歌における行きどまりを実感してゐて、短歌外から短歌を眺める必要があつたからでもあらう。それにしても、文語・散文詩とは何であらうか。この疑問については、別に答へることにする。

2

一九九七年十一月二日は二つの変つた体験が、ぼくの中で合奏した日だつた。一つは、午前十一時から午後四時まで、ＮＨＫ衛星放送の「ＢＳ市民参加短歌大会」の選者として、五時間、スタジオに坐り続けて、ファクスで送稿されて来る短歌（一般からの応募）を選びつづけたこと。もう一つは、午後五時半から十時まで、東京の江古田にある武蔵大学の秋の祭り白雉祭で、「激突現代詩対現代短歌」といふ朗読（自歌を自分でよむのである）に出たといふこと。

この二つの体験は全く違ふ性質のものであつたが、いくつかの点で時代の相違を実感させた。あたり前のことだが、二〇年前の一九六七年にはテレビで短歌が放映されることは考へられなかつた。現在ではファクスを用ゐて大がかりなコンクールが行なはれてイベントたり得てゐる。この違ひは何か。昔だつてテレビはなかつたわけではないのだ。これは「市民参加」といふ時の「市民」といふ、定義しにくい言葉にもあらはれてゐるやうに、短歌の作り手読み手が、変つたのだ。その変化は、何故であるか。それは、いいことなのだらうか。この疑問は、ぼくの中で、女と一しよにいつも考へられてゐる大衆といふ存在を、切実に思ひ出させる。〈衆〉（大衆と小衆といふことばもあるから）と呼んでもいいかも知れないが、テレビそのものが、マス・メディアの雄であり、マスとは衆といふことで、雑多な性質のものの大量のあつまりでありながら、どこか均質なイメージ（もう、ここに矛盾がある、つまり雑多でありながら均質といふのだから）がつきまとつてゐる。

　しかも、おもしろいことに、ぼくのやうなあちこちで選者や講師をして暮らしてゐる歌人にとつては、衆（マス）が、一かたまりのものとしてはあらわれて来ない。一人一人、カルチャーセンターや大学や新聞歌壇、を通じて、顔や話しぶりや、作品を通じて、直接に、間接に、接触してゐる人たちなのである。それでゐながら、その衆に共通する性質が、一人一人の個性の中から、析出されてくるのを感ずるのも事実なのだ。

　たとへば、二日のＢＳ市民参加短歌大会では、一三八二首のファクス送稿があつたが、そして、その中から五人の選者によつて選ばれた百首の歌は、たしかに上質の抒情歌といつてよかつたのだが、さて、この作者たちは「市民」――たぶんシティズンの訳語なのだらうが――なのであらうか。

　ずい分昔の論文だが、ぼくの好きな思想家清水幾太郎が「庶民」といふ論文を書いたことがある。（昭和二十五年のことだ。）

　「国民や臣民や人民とは別の」庶民。「私的性格、日常生活への没頭、市井《しせい》に投げ出されたまま背伸びせぬ人間の群れ、意志でなく感情に生きる人々、その哀歓、古い悲しい表情」と清水は、庶民の特長をかぞへた。そして「忘れてならぬ点は、庶民はみずからその思想を表現せぬというところにある。庶民は文章を作って世人に示すこともないし、演壇に上って叫ぶこともせぬ。」と書いた。

してみると、「国民や臣民や人民とは別の」「庶民」、がゐて、それ以外に、「市民」が居るのかも知れない。ともかく、その人たちは、「みずからその思想を」短歌の形で表現してゐる。その人たちは黙つてゐないのである。

短歌は、衆の中でも、「庶民」ではなくて、「市民」によつて、作られ、発表せられてゐるといふことなのであらうか。

3

かういふ話になつて行く時に、一番ぼくをなやますのは、三十年前（はおろか、十五年ぐらゐ前までは）、ぼくの目の中に、かういふ衆の力は見えてゐなかつたといふことだ。衆は、一段も二段も低い存在としてあり、自分の作品の読者の中には入つてゐなかつたといふことである。ぼくは、さきにあげた「山峡風物誌」の中の歌を、次のやうに書いた。

子宮なき肉へ陰茎なき精神《こころ》を接《つ》ぎ　夜《よ》には九夜《ここのよ》いづくに到る
風景を渉る眼の群《むれ》のさやさや　山が来て青い地峡をかこむ時

朝の深みをさまよつてゐるその午後の惨たる謀議のくろがねの椅子よ

はじめの三首を引いただけだが、おそらくぼくについて書く人が、はじめから避けて通るであらう作品に違ひないのである。

「夜には九夜」は、むろん、古事記の景行天皇記に出てくる日本武尊の、火焼《ひたき》の翁との問答歌に出てくる。かなしく美しい遠征軍の旅愁の歌から引いたのだが、「子宮なき肉」とか、「陰茎なき精神」とか、たとへ不毛不胎の日々の行状のニヒリズムの表現としても、露骨で、散文解説的で、詩性が貧しい。たとへ「夜には九夜」以下で、その詩性の貧しさを救はうとしても、はたして可能か。そして、この三首に限らぬが、文語による自由律短詩といふ、定型破りの心は、なんであらう。定型の抑圧を排して、新しい韻律を生むためには、どこか息切れをしてゐはしないか。

その点になると、「4　遠くが見えない」の中の、

手も足も付根で断《き》つて立つてゐるわたしは何といふ終末であらう
明日はしづかに迫りサシスセ薄《せま》りつつ次第に盲《し》ひて行く男《をみな》どち

のやうなものは、理解し易いであらう。これは、終末観の表明である。「男」と書いて、「をみ

な」とわざとルビをふるといつた技巧は、他のところで、「愛む」と書いて「にくむ」とルビを打つたのと同じことであるし、「サシスセ薄りつつ」といふ形の、音の遊びは、もうこのころに、ぼくのこころにつよく芽ばえてゐた遊び志向といつてもいいだらう。ニヒリズムは、かういふ、レトリックへの没頭——意味の否定をも生むのでもある。

同じことは、

日本いでてまた帰るさのかよひ路の激浪や　一個の雄の即興の愛
花もろとも滅びに到るためならむ蒼白に剃りあげて映れる
応和して遊戯《いうげ》して葛《くず》の目覚めよさめてゆく愛のさめゆく沢の霧雨

にもあらはである。「花もろとも…」は、滅びへの執着であり、終末感覚にもつながる短歌である。しかし、あとの二つは、歌謡を模した作品だ。「日本いでて」では「激浪や」が挿入句になつてゐるか、または「かよひ路の」が挿入された形か、いづれにせよ、このどちらかを除けば、短歌になる。「応和して」は「五・五・七／五・七・七」の二行の歌謡とみてもいいだらう。

これらの歌は、人々によつて今でも時々引用される、

父よ父よ世界が見えぬさ庭なる花くきやかに見ゆといふ午《ひる》を

といふ歌へ、一気になだれ込む位置に置かれてゐる。（この「父よ父よ」の「父」は、実際の父であると同時に「父なる神」をも二重にイメージした語であらう。）この、世界がみえなくなつて、「盲いて行く男（をみな）どち」といふのは、自分のことであるが、それは、なんと、さきほど引用した清水幾太郎の「庶民」の像に似てゐることだらう。日常の哀歓に没頭して、「世界」については沈黙を守つてゐる「庶民」。柳田国男が、「常民」といふ言葉で、積極的に評価した衆の像の、ネガの所に「庶民」は居た。

4

武蔵大学の朗読会では、岡野弘彦の法螺貝の独奏がよく、組詩の朗読の（意味はほとんどとれなかつたが）古語の気迫が、よかつた。万葉学の古橋信孝の、沖縄神謡のテープと解説が、風貌と姿勢によつてこころよかつた。町田康の語りが新鮮で、吉増剛造のはじめてきく朗読も、ぼくには奇妙な感動を与へた。総じて、日本語の語りや詩歌の朗読には、意味を伝へる以外に、身ぶりや、口調や、韻律による、言語外といふか、印刷文字以上の要素による伝達といふのが、まだまだ開拓されていいのではないかといふ感想をもつた。朗読には、何の未来もないと思つてゐたぼく自身の考へを、かなりつよく、改変させるイベントであつた。

ぼくは「岸上大作といふ学生歌人が、一九六〇年安保闘争のあとで、十二月五日に首をくくつて死にました。ぼくは一度も会つたことはなかつたが、その翌日に、久我山にあつたかれの下宿へ行つて、頭を下げて来ました。云々」と岸上と自分との間柄をのべ、そして、その日の下宿の部屋の描写、岸上のお母さんの印象などを話した。そして、「死者が行く」を朗読した。

向うから自転車を漕いで来る若いのをよく見ると、死んだアイザック・Kなので、

かたときもやまぬ光の照り透る国の彎曲を死者で通るとは

と囃《はや》せば、いたつて真面目に、

思想の戻り道に出てみたれば針《はり》・春《はる》・晴《はれ》の斑猫《はんめう》の背に詩《うた》ぞしぐるる

と返すのであつた。

ここまで朗読して、「アイザック・K」が、岸上大作をもじつたあだ名であることを解説した。ぼくにとつて、岸上大作は、どこにも居ない存在で、ただ、アイザック・Kが実存するのだ。詩の後半は、次のやうになる。

安保の年の夕まぐれ、かき寄せる、言の葉どちの深さかな＜運命のつたなく生きて此処に相見る＞

と挨拶して過ぎた。

ふと小馬おろしの吹きさうな夜だ。雨乙女《あまをとめ》ザムザム、Kのあとを追つてひらめく。

死んだアイザック・Kは自転車にのつて遠ざかり、そのあとを追ふやうに「雨乙女ザムザム」がひらめいてすぎる。

朗読しながら、広く暗い武蔵大学の、おもむきのある古風な、旧制高校風の天井のどこかから、「戦後死人伝中」の誰彼が、のぞき込んでゐるやうな気がして、不思議な夜であつたのだ。

四　塚本邦雄と青年たち

――学園闘争のころ

1

『塚本邦雄歌集』（白玉書房刊）が出版されたのは、昭和四十五年（一九七〇年）十二月二十五日（奥付による）であつた。

ぼくが、『辺境よりの注釈』（人文書院刊）といふ塚本邦雄私記ともいふべき、塚本論にして目録でもある本を書き下したのは一九七三年。その時のテクストが、この『塚本邦雄歌集』であつて、著者から、九州、福岡県岡垣町にあつた県立病院の公舎に送られて来たのであつたらう。（あるいは、政田岑生さんが届けてくれたのかも知れないと思ひかへすが、記憶がはつきりしない。）

ぼくは、なぜ、塚本邦雄を分析しつつ、その歌にオマージュを捧げるやうな本を書いたのだらう。それも、自分が筆を折つて、もう二度と歌は書かないとひそかに決意し、事実、四年半ほどは、書かないでゐた、その時期に、それを書いたのはなぜであらう。

塚本邦雄は、ぼくにとつて永遠のライバルであり、宿命的にそれに追ひつき追ひ越さうとするべく定められた、目標であつたし、今もある。ぼくの、これまでの文業は、つねに、向う側に塚本邦雄の存在とその歌を置いてみて、始めてはつきりするやうな性質をもつてゐる。これは苦しい作業である。辛い行程である。

塚本をターゲットとして日々研鑽してゐるのは、むろん、ぼくだけぢやない。うんと年のはなれた人たちにもさういふ人はゐるだらうが、ぼくの場合は、「前衛短歌運動」といふ同時代性にしばられて、常に塚本のとなりに、あるいは少し後方にあつて走つて来たのであるから、自ら、塚本に師事したり私淑したりする人とは違つてゐた。

さういふぼくが、休筆（事実上は、休むのではなく、止めることだつたが）して、塚本論を書くとは、舞台から降りて、観客の立場に立つ、乃至は、批評家または記録者の役目を自分に課することに外ならない。つまり、ぼくは、疲れたのであり、端的にいへば、塚本のライバルではあり得ないと観念したのであり、もつと露骨にいへば、負けを認めたといふことであつた。

この負けの自覚は、いつごろ生まれたかといへば、一九六〇年代の後半にじわじわと生じて来てゐた。

一九六〇年代後半は、七〇年安保を先取りして学生運動が高まりをみせた時代である。歴史の年表から、少し事件を拾つてみる。

一九六五年四月、ベ平連（ベトナムに平和を！市民文化団体連合）主催の初のデモ。六月、ベトナム反戦闘争で社会・共産両党の一日共闘実現、参加者三万六〇〇〇人。

一九六六年一月、早大学生、授業料値上げ反対スト。二月、早大全学共闘会議学生、大学本部を占拠。同月、警官隊導入。四月、大浜信泉総長・全理事は辞意表明、六月、スト終結。六月、三里塚・芝山連合空港反対同盟結成。十月、総評、ベトナム反戦で統一スト実施。

ここで、ちよつと注釈を入れるなら、一九六六年の早大闘争は、福島泰樹の『バリケード・一九六六年二月』（一九六九年刊）を生んだのであり、のちに同人誌「反措定」を出す三枝昂之は、早大二年の時、この闘争に会つた。なほ、ここに摘記したやうに、この時代は、その背後に濃厚にベトナム戦争の情報が流れてゐる。日本がベトナム戦争の米軍の後方基地として果たした役割とか、日本の企業がベトナム戦争にどの程度コミットしてゐたか、とかいふことを今言はないで置くとしても、歌人たちは、ベトナム戦争に無関心ではゐられなかつたから、多くの短歌が残された。その理由の一つは、反米感情の潜在といふことであらう。かつての占領国への反感は底に独立の意志を秘めてゐる。第二には、アジアに戦争の火が燃えてゐることは、平和への脅威だといふことである。第三には、「ベ平連」に象徴的にあらはれてゐるやうに、これは反政府・反権力闘争の名残りであつた。そして、かうした反権力・反政府闘争の意志こそ、早大闘争などの学園闘争にも通底してゐたのであつた。

2

塚本邦雄の歌集は、反権力闘争の真只中で、この学生たちに熱狂的に読まれたのであつた。証言は記すまでもあるまいが、福島泰樹は、こんな風に書く。

「そして六四年五月、ふとしたことから私は、学内闘争の最前線に立つ。おのれの意識が変革されないかぎり、おのれの短歌が変わろうはずもない。闘いは日々盛りあがっていった。そして秋、嘘のようなキャンパスの平静さにいたたまれず、27号室に頻繁に出入りするようになる。そんなある日、例の机の上で、

少女死するまで炎天の縄跳びのみづからの圓駈けぬけられぬ

の一首に出会う。塚本邦雄との出会いである。いや前衛短歌との、現代短歌との、自らの歌との出会いと言ってよいかもしれない。私はなにかを跳び、なにかを乗り越えたのである。その衝撃はじつに新鮮なものであった。」（「わが歌との出会」）

むろん、福島の筆は、いささか陶酔的で、過去を単純化したり美化してゐることもたしかだらう。しかし、かれを動かしたものが、塚本邦雄の美学であり詩魂であつたことは、まぎれもなく、そのことが大切なのだ。

塚本邦雄も、福島泰樹の第一歌集『バリケード・一九六六年二月』にメッセージを寄せて、次のやうに言つてゐる。

「福島君、出版記念会以前に、既に好意に満ち充ちた評価の定まりつつある、君の幸福な第一歌集に、ぼくが今、改めてオマージュの花を添へる必要もあるまい。添へるならば寧ろ苦味を含んだ一握の塩がふさわしからう。

濡れた髪掻きあげたれば茫茫とはいえなのごとき飢えわれに沸く

この歌は、もはや人口に膾炙したと言つていい、君の代表作の一つだが……」

かう言つて来たあとで、右の歌にはあつたはずの「掻き上げるほどの髪」について触れて、塚本はつけ加へる。

「然し、事、この歌集に関するならば、歌集とぼくの間には、明らかに、今もなほ刈りとられた一束の髪がある。学生としての誇りと口惜しさと怒りをこめた一束の濡れた髪が。血の雨で濡れた廿歳の黒髪が。」

塚本と福島とのあひだには二十年以上の年齢差があるが、二人の間には、まことに羨むべき信頼感があり、福島の塚本を見る眼は、敬意と驚嘆の思ひにかがやいてゐた。

松田修の証言によれば「学生泰樹の訪問を受けた塚本邦雄は『狂信的な眼をした青年』と私信に書いている。鋭く、燃えたつ炎。眼にかぎらない。それは身灯だ。全身で燃えさかる、その切なさ。」といふことでもあつた。

もう一人の歌人、当時、福島泰樹と並んで学生歌人の人気を二分したといはれる慶大の村木道彦の「ノンポリティカル・ペーソス」（一九七〇年三月）を引用すべきだらうか。

村木は、この見事なまでに「ポリティカル」な文章の中で、ぼくを批判し、ある面においては評価もし、のちに触れることになる「倫理的小品集」（『現代短歌'70』所載）をよしとしながら、結局のところ、次のやうに言つたのであつた。

「岡井隆氏との出会いは鮮烈であったけれども、やがて氏の当初のアナーキーな作風がうすれて、評者によって『思想的前衛と文学的前衛の統合』などとうんぬんされはじめたころから――いやな言葉だが、模範的にそして健康になりはじめたころから、ぼくにはついて行けなくなった。（中略）模範的になるにつれて、あのあらあらしい自己追求のアナーキーな輝きはうすらぐのだ。こうぼくは考えた。そして性急で恥しい話ではあるが、彼の作品から離れたのであった。」

もちろん、ぼくは今、多少、村木の文章を曲げて引用してゐる。村木は「岡井隆氏の困難」についてて理解してゐるからこそ、批判をしてゐたのだ、といふことも知らないわけではない。だが、ぼくの引用は、強引かも知れないが、かれら当時の著者たちの心情を、正しく指してゐると思ふのだ。

村木が、ほとんど無条件に推してゐるのは、塚本邦雄の次のやうな作品である。

海底に夜ごとしづかに溶けゐつつあらむ。航空母艦も火夫も

秋は身の真央《まなか》を水のとほりつつ弟切草の黄のけふかぎり
足音を知る罪ふかし梅咲いて葱ひとたばね夜の淡雪
梅干の実をかむ歯ありうつし身に白飯《しらいひ》の毒朝《あした》かがやく

3

ぼくは、今回書かうと思つてゐた話から、おそろしく遠いあたりをさまよつてゐる。本当は、塚本の『緑色研究』（一九六五年五月刊）から、『感幻楽』（一九六九年九月刊）に至る、歌の完成度の高さを、もう一度確認したいと思つたのだつた。そして、ぼくが、一九六〇年代の後半には、まことの意味ではつかみ切れてゐなかつたこの二冊の歌集の、あの時代との共犯性について書かうと思つたのである。

ぼくは、なぜ、『感幻楽』を、あの時に正視しなかつたのだらう。のちになつて、舞台から立ち去つて一人の観客となつてからでなければ、『感幻楽』が読めなかつたのは、なぜだつたらう。眩しすぎたのか。はかないライバル意識のなせるわざだつたのか。青年たちの圧倒的な支持をうけて、次々と華麗な作品を造り出して行く「畏友」に、羨望とあつい嫉妬を感じ続けねばならなかつた、その屈辱感のためだつたらうか。

それはともかくとして、ぼくはあの時期に、同世代からも若い世代からも、「未来」の仲間からも、「定型詩の会」のメンバーからも、理解されてゐないといふ孤立感にさいなまれてゐたに違ひなかつた。

家を建てて住み、勤務先の地位が徐々に上り、医師として、時々空虚を感じながらも、きめられた道を歩いてゐたが、それだけに、短歌の世界での、自分の書いてゐるものの、まとまりのなさに、いら立つてゐた。評者は、容赦なく、そこの所をついて来てゐた。

ぼくは、言つてみれば、福島泰樹と塚本邦雄が協奏するうるはしき信頼の楽の音をききながら、片方で、村木道彦の「ノンポリティカル・ペーソス」にみちた批判の鞭に逐はれるやうにして、七〇年七月の出奔とドロップ・アウトの行程へとつき進んだともいへるのであつた。

ここで、もうすこし、年表から、史的な背景を写して置かうか。

一九六七年三月、青年医師連合（三六大学二、四〇〇人）インターン制廃止を要求して国家試験ボイコット。東京駅でパイプ爆弾爆発、二二人負傷。六月、山陽電鉄内で時限爆弾爆発、二人死亡、二〇人負傷。十月、佐藤首相東南アジア（南ベトナムを含む）、オセアニア諸国歴訪に出発。三派系全学連、反対デモ。学生一人死亡（第一次羽田事件）。十一月、佐藤首相、訪米に出発。三派系全学連デモ隊、空港周辺で警官隊と衝突（第二次羽田事件）。

一九六八年一月、東大医学部学生自治会が登録医制度導入案に反対して、無期限スト（六九年二月まで）。一月、米原子力空母エンタープライズ佐世保入港阻止闘争。五月、日大全学共闘会議を結成、学園民主化を要求。このころ、フランスのパリ大学でも、ド・ゴール派の教育改革案に反対する学生と警官隊乱闘。五月七日、学生、凱旋門占拠。五月十三日、反体制「異議申立て」

ゼネスト。五月十九日、フランス全土に拡大（いはゆる五月革命）。十月、国際反戦統一行動デーで総評・中立労連など実力行使。反日共系学生が新宿駅占拠、騒乱罪適用、七三四人検挙。

引き写しながら、当時の世情が、ありありとよみがへつて来る。このまことに騒然たるテロと暴力の時代にあつても、それはやはり、あくまで一部分の世の動きなのであつて、一九六〇年の安保闘争のときでさへさうであつたやうに、一般の市民は、ごく平安な生活の中にあり、ごく日常的な哀歓に明けくれてゐたことを忘れてはならない。テレビは、学生たちと警官隊の衝突のさまを、まるで映画の一シーンのやうに映してみせた。学生群が新宿駅を占拠した時には、まるで、革命（つまり権力の奪取）が成功するかのやうに思つて、手に汗握る思ひをしたりしたが、それも所詮、権力側が、だまつてやらせてゐたためなのであつて、暴力が市民によつて支持されることは、いつだつてありはしないのだ。

ところで、『感幻楽』の中に、次の秀抜な一首があることを、君は知るか。

忍法《にんぱう》夙流《しゆくりう》変移《へんい》抜刀《ばつたう》霞斬《かすみぎ》り　眼疾のはてにわが死はあらむ

そして、ぼくの「倫理的小品集」といふ、東京の歌壇への置土産のやうな作品集のなかに、

カムイには女の眼こそ似つかはしけれわれを刺す女の眼こそ

がある。ぼくは、あのころ、まだ劇画には没入してゐたわけではない。「ガロ」の存在や白土三平のマルクス主義史観との関はりなどについて、近くにゐた友人の我妻泰（田井安曇）から聞いてはゐたが、白土三平の『カムイ伝』が歌になつたのを見たのは、塚本のこの「忍法夙流……」がはじめてだつたらう。わたしは、おそらくテレビ映画の「カムイ」を観て、カムイのあの「眼」を知つてゐたのであつて、原作を読んだのは――すくなくとも、あの長大な『カムイ伝』を読み通したのは、七〇年代に入つて、九州に居た時のことだつた。九州に行つてからは、本当に劇画本や「少年マガジン」「少年サンデー」「ビッグ・コミック」へどんどん深入りして行く。

しかし、六〇年代の終りには、あの塚本邦雄が『カムイ伝』を知つてゐるといふだけで、一つのおどろきであり、この歌のまた見事なとり入れ方には、つくづく感心してしまつた。この「霞斬り」といふのは、絵や映像でみる時、とくにカムイの眼の鋭く切れあがつて光つてゐるさまが、わくわくするほどであつたのだが、塚本の歌の切れ味も、それに劣るものではなかつたのだ。

五

パルパイヨ国五月雨

わが最終講義

1

立花隆が「新潮」（一九九七年）に連載してゐる「東大講義　人間の現在」を読んでも、また、奥本大三郎が『虫のゐどころ』に書いてゐる「大学教授三日やれば辞めたくなる—大学論」を読んでも、大学の変質は、いままぎれもなく、立花隆が怒りをこめて書く、東大の学生の授業をうける態度とか、やはり奥本大三郎が自嘲をこめて書く、横浜国大における教授と学生との間の「教養」やモラルの差異は、これまた、いちじるしいもので、一つ一つ、ぼくが、京都精華大学で接して来た教室風景と符合してゐる。

ぼくは、その日、まつ白に雪を冠つた富士山を、東京から遠望しながら朝九時の「のぞみ」にのつて京都へ行つた。関ケ原附近は、見事に吹雪になつてゐて、富士の他ではぼくの好きなもう一つの山、伊吹山は、はだらに積つた雪の山肌を、絶えまなく雪雲が襲つてゐて、いかにも深くこごしき山塊といふ印象の山に変つてゐた。

最後の講義になる「日本詩歌論」のテーマを、あへて「詩歌とはなにか」といふ永遠のテーマにするつもりになつて、その材料としては、塚本邦雄の『緑色研究』『感幻楽』あたりに採り、あはせて、それらの詩歌が生まれた一九六一年ごろから六九年ごろにかけての世情——それは、ふかく大学のあり方を問ふ世論を喚起しつつ進展したのであつたが——にも、言ひ及ぼうとしたのであつた。

詩歌とはなにか、いや、「詩歌」などと、詩と歌を併せたやうな呼び名は曖昧であるから、いつそ「歌とはなにか」といふことにしようか。この問ひは、あらかじめ答へを予想しないものであらう。人生とはなにか、人間とはなにか、といつた問ひが、理の当然として、人の数だけの答へをよび出し、だからこそ確たる答へを予想し得ないのに似てゐる。

ぼくは、九年間の講義の折々に、「あなたにとつて詩とはなにか」といふテストの問題を課したことがあつた。多くの大学生が、「詩は必要である、それは心の慰めであり、生きて行くためのオアシスである」といつた紋切り型の答へをよこした。その答へを一つの話題として、ぼくは、「詩は、歌は、慰藉ではないし、人生砂漠のオアシスではない」と反論するのであつたが、もともと、ぼくの所論が、かれらにまつすぐに届くだらうとは考へてゐなかつたのである。

馬は睡りて亡命希ふことなきか夏さりわがたましひ滂沱たり　『緑色研究』塚本邦雄

といふ歌がある。「夏さり」は、「夏が来て」といふ意味だよ、夏去りてではないよと大学生に念を押す。「滂沱たり」は、みんなの見たことのない言葉だらうが、「涙滂沱たり」などと言つて、ひつきりなしに流れ落ちることをいふのだよ、などと一つ一つ注を加へて話すことは言ふまでもない。現今の大学生は国語の学力としては高校以下の人が多く、時として表現能力は小学生に類するのであつて、ぼくはそのことを怒つたり嘆いたりせず、ひたすら悲しむのであつたが、たとへば、

鶩鳥卵つめたしガルガンチュアの母生みしパルパイヨ国五月雨《さみだれ》　『緑色研究』

といふ歌を掲げて、大学生諸君に「ガルガンチュア」から、かの大ラブレーの名を思ひつくか否か尋ねてみれば、一人として手をあげる者はゐない。それは、立花隆が東大生に『アミエルの日記』を読んだ人を尋ね、ジョルジュ・デュアメルの名を訊いて、一人として知つてゐる人がゐないのと同じことで、一時代の「教養」（戦前の旧制高校に象徴されるやうな教養）が崩壊したといふ意見もあるが、ぼくの感覚では、「教養」の崩壊といふより、変移あるいは基軸の変更といつた方が正確であらう。つまり、西欧または西欧の言語文物の翻訳（とくに西欧の古典）を中心

に形成されてゐた「教養」が、大きく、音楽（ポピュラーとよばれる音楽）や、マンガ、テレビの方角へ、ぐつとシフトしたにすぎないのであらう。

ぼくとて「ガルガンチュアの母生みしパルパイヨ国」と読んで、あわてて、書棚のすみに埃をかむつてゐた岩波文庫本をとり出して来て、『第一之書　ガルガンチュワ物語』の34頁に「彼が精気陽々たる年頃に、蝶々国《パルパイヨ》王の姫で、ガルガメルと名づける、血色の良い顔をした別嬪娘を娶《めと》つたが、両人で背が二つある獣遊びを行なうことも度重なり、歓び勇んで膏肉《あぶらにく》を擦り合わせているうちに、とうとうガルガメルは、見事な男の子を懐妊し、これを胎内に宿すこと十一カ月にも及んだ。」とあるのを読み、戦中はいざ知らず、戦後まもなく、白水社版のおもしろい装幀の大型の本で初めてラブレーに接したことを思ひ出したり、むしろぼくらにとつては、ラブレーよりもラブレーを説く訳者の渡辺一夫（東大教授だつた）のユマニストぶりの方が、大へん大きく目にうつつてゐたのを思ひ出すのである。それは、アルチュール・ランボオについてはほとんどわからなかつたにもかかはらず、ランボオの訳者でありランボオ論の著者であつた小林秀雄の文学がきはめて魅力的だつたために、ランボオを読みかじつたといふのによく似てゐた。

2

さて、それならば、「鶩鳥卵つめたし」といふ初句から二句の前半を占める歌句は、なにを示してゐるのであらうか、と教室を見わたしてみるが、一向に得心のいく表情は見当らない。けつから広い教室へは、話してゐるあひだにも、ガラガラと戸をあけて入つてくる学生が一人二人ならず居て、中には「ヨオッス」と手をあげて、教室内の友達に挨拶するヤツも居るし、なんのことはりもなく、突如立ち上つて扉を排して出て行く者もあり、その中には、もう一度、罐コーヒーを持つて帰つて来て飲む男もあれば、出て行つたきり帰つて来ない女も居る。私語をする者が少ないのは今年の学生だけの特質で、昨年一昨年はすごかつたなどとちらちらと頭をかすめるのであつて、立花氏だつたか奥本氏だつたかその他の誰かだつたかが言つたやうに、寄席芸人の芸を通りすがりにみて、退屈なら出て行くといふのに近く、むしろ寄席といふほど高級ではない。大道芸人に似て、「あいや、お立ち合ひ」とタスキ掛けでガマの油を売つてゐるといつた方がましである。

そこで「鷲鳥卵つめたし」であるが、はたして塚本邦雄は、鷲鳥やら鷲鳥卵を見たことがあるのだらうか、まして、その卵にふれて「つめたし」と感じたことがあるのだらうかと考へれば、そもそも、人間の五感の体験といつたものの有無については、塚本の詩歌には、このやうな問ひははじめから無いのであつて、そのことをぼくなどは、むしろいさぎよいと思つてゐたのである。

と同時に、自分はやはり、鷲鳥卵の直接の触覚にこだはりたい、体験の生まなところの多岐多様で、奥深くて、知識や幻想を超えた力があるところに詩の方位を求めたいと思つてゐたのであつた。と思ふと、『ガルガンチュワ物語』（塚本の歌は「ガルガンチュア」で、渡辺一夫の訳書は「ガルガンチュワ」であることに留意。なほ原語は Gargantua）の中から「ガルガンチュアの母生みしパルパイヨ国」を抽き出したといふ塚本の意図はなんだつたのだらう。

　あとからあとから、「なんだつたのか」といふ自問を発し、それに適当に自答を加へて行くのが、ぼくの講義のパターンであつたが、今日もまた、渡辺一夫は蝶々国と書いてパルパイヨ国とルビをふつてゐたのに、塚本は、蝶々を除いて、ただ、パルパイヨといふ音韻だけを、ここで活かさうとしたのはなぜかといふ問ひも、また、大した反響も、そして、しかるべき答へも、生みはしない。「生みはしない」、さうだ、「生む」といふ言葉があり、概念がある、そして、ガルガンチュワの生誕の壮大でユーモアと哄笑にみちたお話しを思へば「母生みしパルパイヨ」とは、すぐに「鵞鳥卵」につながる生殖と排卵の、そして出生の予感への、塚本流の嘲笑であり、それは、ガチョウランのガが、ガルガンチュアのガをよび出し、「ガルガンチュア」が「パルパイヨ」の音韻と、多少変化しながらも所々で重なり合ひ、サミダレの結句の母音Ａ《ア》が、「鵞鳥卵」のＡ母音と遠くこだまし合ひ、さうしてみれば、この一首もまた、Ａ母音づくめの構造をとつてゐることに気付く。つまり、内容としては、出産とか生殖とかいふいとなみへの嘲笑でありながら、Ａ母音の明るさを随伴してゐるのが面白い。

　などと、講師だけが、韻律論に没頭しはじめてゐるうちに、教室内の学生の往来は、だんだんとはげしくなつて行く。

3

亡命といへばわれらのたましひに石油満ちくるごときはつなつ
出埃及記とや　群青の海さして乳母車うしろむきに走る
死への亡命遂げざりしかば　篁《たかむら》に干すシーツかりそめの天幕

『緑色研究』

かりにこんな具合ひに、白板にインクで書きながら、もう一度、初めのテーマ「歌とはなにか」といふところへ立ちかへつてみる。これらの歌は、芸術としての詩の、たとへば労働起源説といつたものとどこかでつながるか。それとも、歌の起源としての宗教起源説——神に捧げる農耕民族の祈りの歌につながるか。あるいは、遊戯起源説にたぐへて言ふことができるのかどうか。
おそらく歌は、その起源にあつては、性の衝動とかかはりのある抒情歌であつたり、政治批判の童謡（わざうた）であつたり、労働のひまのたのしみとしての田植歌であつたりもしただらうが、さうした、何か別のことのための手段、方法（芸術の「術」といふ語にそれがあらはれてゐる）としての歌は、今はない。かりに、さうした、手段・方便としての詩を、「有用の歌」と名付けるなら、今日ぼくらの目の前にあるのは、「無用の歌」である。つよく積極的に無用であることを自覚して、歌は無用でなければならぬ、といふのでもない。おのづから、歌の本然の姿として、歌は無用なのである。特に、世の立身出世、就職、婚姻、蓄財等々のためには、静かに、にこやかに、安らかに、無用であり続ける。では、大学において、その現世無用の歌について、尽くることなく説き続けたぼく自身の行為そのものも無用なのであらうか。

あまり早く結論を出してしまふのは考へものである。塚本邦雄のさきの「亡命」「出埃及記」（これは、シュツエジプトキ、と読み、エクソダス、つまり旧約聖書にいふモーセのエジプトを出国してイスラエルへの帰還を指すが、もちろん、「亡命」と、方向は逆方向ながら、どこかある、異国から、自分の魂の母国へと逃れて出る旅を意味してゐる）といつた言葉は、なにを指示してゐるのだらう。

たとへば「死への亡命」といふ。塚本邦雄はたしかに、肺結核症のため死のとなりに居たことがあつた。年譜によれば、一九五三年より、おそらく十年以上に及んだ結核との闘ひの果てに、「死への亡命」は、幸か不幸か（といふところに、塚本の死のとらへ方があるのだが）遂げられることがなかつた。

かつて、この国には、結核療養所といふものがあり、ハンセン病療養所といふものがあり、隔離された環境下にある病者が、歌を作つた。病ひはつねに、どのやうに軽からうとも、死へ一歩近づくことを意味する。死へ近づく人は、詩人（ポエット）たり得る。なぜなら、死へ近づく人には、今日いま現実に目の前にみえてゐる山も川も空も水も鳥も月も光りも影も、ことごとく、かけがへのない風光として映る筈だからだ。そこに目前のすべてを惜しみ、いつくしみ、それを謳ひあげようとするモチーフが生まれても、何ら不思議ではない。

死は詩に重なり合ふ、とはこのことである。この時の、現実礼讃には、なんら打算的なところがない。欲望成就とか、効率をたかめるとかの現実の有用性は、全くない。自然に、静かに、安らかに、歌は無用である。と同時に、一人の人、つまり作者一人にとつては、それは無限に有用である。この場合、芸術（歌を芸術だといふのなら）は、作るものにとつてだけ、ふかく重く有用であるが、世間にとつては、徹底して無用である。

塚本邦雄の歌をいくつか引いて話して来たが、ここで一気に、結びの言葉に移らなければならない。大体、結語だの、結論だのがないことはわかつてゐながら、こんな風に話してゐるのだ。もう諸君の顔をみてゐれば、そこにありありとあらはれてゐるやうに、これらの歌の言葉は、平均的日本人にとつて綺語《きぎょ》であり、狂気の歌なのである。馬がどうして亡命をねがふことがあらう。たましひが、どうして涙のやうに、とめどなく流れ出すことがあり得やうか。みてもゐない鶩卵のつめたさと、読んでもゐず、これから読むこともあるまいラブレーとかいふ異人のガルガンチュワなる仁《じん》の母親の国パルパイヨとの関係など、これは狂気のわめき以外のなにものであらう。モーセと逆行する乳母車のつき合はせにしたつて同じことである。竹林にシーツを干してゐるだけのことから「死への亡命」の未遂に思ひ及ぶなんて、平凡な市民である自分には、まるでおそろしい妄想と思はれるだけだ、と諸君は思ふだらう。

然り、詩は、死によつて喚起された生の意識であると言つたが、もう一つの対《つい》を作るなら、正気を相手どつたときの狂気の働き場所でもあるのだ。

正気と狂気。その境位を、ぼく自身も日夜越境してゐることを自覚するが、歌は、正気から狂気へ移行する精神の病ひとして考へることもできる。

生と死と。正気と狂気と。この二つの対を作つてみたときに、歌の本然的な無用性は、はつきりすることであらう。されば、もしも詩や歌にふれようとするならば、世の中の技術的効率と経済効果ばかりを重視する思潮を殺すために、詩や歌は在るのだ（在るべき、といふのではなく、在るのだ）といふことを、思ひおこしてから接触を試みられるやうに希望して、ぼくの最終の講義を終る、と言ひながら、教室を見渡したが、いつの間にか学生の姿はなく、窓外には、ただ鞍馬山系から、ささと降り下つてくる淡雪の、池の面に落ちては消えるありさまだけが見られた。

六　小金井市の家

――久留勝博士のことなど

1

パスカルは『パンセ』の中の一断想で、次のやうに言つた。

「われわれは断崖が見えないやうに何かで眼をおほひ、それから平然としてその中へ飛びこむ。」

（松浪言三郎訳）

かういふ断想は、むろん、鋭くわたし自身を抉るのである。「何かで眼をおほひ」とパスカルは言ふ。「何か」つて、何だ。「平然としてその中へ飛びこむ。」とパスカルは指摘する。「平然と。」さうだらうか。

『天河庭園集《あまのかはていゑんしふ》』（旧い『岡井隆歌集』の中の全歌集内歌集。一九七〇年七月に自分で編集した）

は「昭和42年3月より同45年5月までの作品で、「短歌」「短歌研究」「未来」「詩歌」「短歌新聞」「毎日新聞」『現代短歌'70』「詩と批評」「郵政」などに発表したものを、四首又は八首に再編し、ほぼ制作順に並べたものである」と、ぼくは、三十年前の七月、出奔する前に書きつけた。

さしづめ、われとわが眼を覆ふ行為の一つが、この『天河庭園集』の、四首一組、八首一組、〆めて六十のブロックの編成の中にあつた。序歌として、

曙の星を言葉にさしかへて唱《うた》ふも今日をかぎりとやせむ

をかかげた。そして「断崖」を「断崖」とは思はないまま「断崖」へと突つ込んだ。「唱ふも今日をかぎりとやせむ」の「や」は、疑問の「や」であらう。まだ、どうなるか判らないが、「曙の星」を「言葉」にさしかへて唱ふやうなことは、もうこれでお終ひにする、と自分に誓つたのである。

たくさんの人や物や事が、ぼくの「断崖」行を、引きとめようとした。

春の夜の紫紺のそらを咲きのぼる花々の白　風にもまるる
昨夜《きぞのよ》は月あかあかと揚雲雀《あげひばり》鍼《はり》のごとくに群れのぼりけり

小金井市東町の家のことは、以前に回想した。家は、必ず、家族を連れてゐる。家は、そのころでさへ、同じ年齢位の誰彼の家よりも大きく豊かさうな家であつた。土地は父の名儀であつたが、家は木造平家で、三百坪の内百五十坪の土地を住居として、三十坪ほどの家を建てた。将来、医院を開業するといふ含みをもつた場所であつた。父は、それを希望してゐたが、ぼくは、賛成してゐなかつた。

ぼくの中には、どうしても満たされない空洞があつた。右の二つの歌は、一つは夜の雲雀といふ、幻想的存在をとらへてゐるし、もう一つは、庭の白木蓮の木をうたつてゐる。「鍼のごとくに群れ」てのぼる、月明の下の雲雀。風にもまれながら「咲きのぼる」夜の花。咲きのぼるといつたつて、ただ咲いてゐるだけである。それを、まるで、花が、動いて「のぼる」みたいに言ふ。正岡子規について、その頃、関心は浅かつたが、「子規のモダニズム」について書いたことがあつた。子規の俳句でいふと、

鶏頭の十四五本もありぬべし

藤の花長うして雨ふらんとす

明治三十三年

のやうなものが、健康な写生だとしようか。さうすると、ぼくの「花々の白」や「揚雲雀」は、病んでゐるといふ外ないのだ。

2

眼は耳の意志か小さきいかづちの聚《あつ》まるしたへ出でて撃たるる
雷《いかづち》はわが真上にぞとどまりぬせせらぐは雲　谿行くこころ
鳥満ちて沼ありありしエレミアはひざまづきつつ苦を淩《さら》ひけむ
われわれは　小さき弥生《やよい》のいかづちの鳴りこそいづれ　敵意いだきて

この四首を一ブロックとして提出した心とは何であつたのか。修辞的に言ふと、非常に乱れが目立つ。乱れるがままに乱れしめよ、といつた所がある。修辞的に乱《らん》を希望したり、修辞上の新を競つてばかりゐるのは、そればかりでは破滅するといふ意味で、一つの断崖である。

急に現代の話をするが、このごろ喧伝せられる新人たちの歌集は、乱を求めてはゐない。かといつて、新を恐れてもゐない。無意識のうちに、修辞上の悦楽に陥つてゐる。パスカル風に言つて、かれらの眼を覆つてゐるのは、時代の不透明感である。どのみち、先行きはわからない、といふ気持である。方法といふのは、未来への道であつて、修辞は、どうしても、その未来を否定して、現在に執着することになる。

「このごろ喧伝せられる新人」などと、よそごとのやうに言つたが、ぼく自身も、かれらと同じ病ひの中に在る。ただ、ぼくの場合、年齢が、なんといつても七十歳だ。もう大がいの所、やるべき修辞上の努力はやりつくした。それに、この世の先は不透明にしても、自分の歌人人生の先が相対的に短いことは、よく判つてゐる。

　さて、「眼は耳の意志か」といふのは、いかにも難解だ。視覚が、意志を伝へ、耳が働く。視覚（眼）こそ、先に立つて命じ、耳は眼に順応する。さういふことだらうか。この四首は、エレミアといふ、旧約聖書の大予言者の名が出てくる。ぼくが、最初に本気で聖書を読んだのは、一九四九年、浪人をしてゐた時で、二十一歳のころだつた。矢内原忠雄の聖書講義とか、関根正雄の旧約聖書文学論などといつたものに拠つて、エレミヤ（ぼくの歌では、エレミアだ）も読んだ。『エレミヤ哀歌』から、エレミアの「苦」を、引用してみようか。

「我はかれの震怒《いかり》の笞《しもと》によりて艱難《なやみ》に遭《あひ》たる人なり　かれは我をひきて黒暗《くらき》をあゆませ光明《ひかり》にゆかしめたまはず　まことに屢々《しばしば》その手をむけて終日《ひねもす》われを攻《せめ》なやまし　わが肉と肌膚《はだへ》をおとろへしめわが骨を摧《くだ》き……」

（『エレミヤ哀歌』）

といつた具合に、あとからあとから、「かれ（ヤーウェの神）」による処罰の現実が語られうたはれる。要するに、暗い暗い、神のさばきの預言なのである。むろん、そのわけは、イスラエルの民たちが神ヤーウェのこころに背いて、道ならぬ道へ入り込んだからである。ただ、ぼくの理解では、エレミヤはきはめて政治的な預言を言つてゐる。バビロニアに占領され、支配されてゐる亡国の民のイメージは、戦後の日本民族のありさまといくらでも重ねられるので、戦争直後のキリスト教の理論家たちは、必ずそのあたりに、聖書と現実との接点を求めてゐた。

雷と「われわれ」または「わが真上」といふ時のわれとの関係はなんだらう。

この雷は、たぶん、神だらう。神鳴りなのであらう。

『エレミヤ哀歌・第二章』で「あゝエホバ震怒《いかり》をおこし黒雲をもてシオンの女《むすめ》を蔽《おほ》ひたまひイスラエルの栄光《さかえ》を天より地におとし　云々」といふ時の「黒雲」をおこす神であらう。『エレミヤ記』には、烈しい言葉がいくつもあるが、「汝目をあげてもろもろの童山《はげやま》をみよ　姦淫を行はざる所はいづこにあるや（中略）汝は姦淫と悪をもて此地を汚せり」といつた調子である。イスラエルの一神教の神は、大きな眼をみはつて、まづ何よりも性的の罪を見はつてゐたのである。

さう思ふと、「われわれは…」の歌なども、文体上の「騙し絵」を見ぬいてしまへば、内容は単純である。

「われわれは（小さき弥生《やよひ》のいかづちの鳴りこそいづれ）敵意いだきて」と、今ならば（ ）を使つて表記したことであらう。「われわれ」とは誰と誰か。誰と誰でもいいのである。時は一九六〇年代の後半、もう一切の政治的、思想的集団は、四分五裂の状況にあつたといつていい。

一九六〇年代の終りから七〇年代にかけての時代は、政治史の上でも、文化史の上でも、風俗史の上でも、むろん詩歌史の上でも、あたらしすぎるためもあつて、まともに対象化されてはゐない。いづれ、この時代のことも、少しづつはつきりして来るに違ひないが、たとへば、かうした自歌自注のたぐひも、ぼくだけが知つてゐる、あの時代の襞のやうなものに触れて書くことができれば、それでいいのだ。今書きはじめた「敵意いだきて」雷鳴の下へ出て行つてゐる「われわれ」といふのも、あの時代に生きてゐた自分たちの自画像の一つと考へればいいのである。神の怒りをあらはす、春の雷鳴の下へ出て行つて、わざと神の怒りに触れよ、と言つてゐる。なんだか、雷雨、雷鳴の下が好きなやうでもある。「せせらぐは雲　谿を歩いてゐるやうな気分なのである。罰こそ下れ、と念じてゐるやうな所があつた。

3

岩波書店の支配人や会長を歴任した小林勇は、文人としても知られてゐて『遠いあし音・人はさびしき—人物回想』（筑摩叢書）を読むと、とくに人物の把握にすぐれてゐることがわかる。（小林には『小林勇文集』全十一巻がある。）

この中に、久留勝博士のことが出て来る。ぼくは、ここを読むのは、いつだつて好きである。ただし、胸を衝かれる気分で、読まねばならないのは、ぼくが、久留勝がんセンター総長のことを、ほんの少しだけ知つてゐたからである。

一九六〇年に学位論文を作つて、慶大医学部から学位をうけたあとで、そのころ丁度、肺結核治療も世界的に完成の域に達してしまつて、新しい分野を開拓する時期が来てゐた。ぼくのゐた病院では、次第に肺結核患者が減つて行き（治り易くなつて行き）医師たちは、（開業してしまふ人は別だが）何か、不安な気分でゐたのである。

新しい分野へ進むといふのは、どのジャンルでも、容易ではない。たとへば、短歌や短歌評論のことを、ちよつとでも親身になつて考へてみるがよい。

自分が、今まで自信をもつてやつて来た技術が、時代おくれだといふことになる。さて、うまく転身ができるか。さう簡単にはできはしない。

ぼくは（ぼくだけではないが）あせつてゐた。はじめ、消化器病学に手を出した。また、腎臓病学を少しかじつたりした。指導者が心肺系の生理学が専門だつたので、心肥大の兎をつくつて心臓の病理などを多少検索したりしたが、どうも、うまく方向が定まらなかつた。

研究室のボスにT先生が居られて、ぼくの現状を見てゐて、「どうだ、がんセンターへ早期胃がんの勉強に行つてみないか。久留勝博士は、知人だから、紹介しよう」と言つて呉れた。ただし、こちらは私立の病院。あちらは国立の機関である。国立のがんセンターには、国立の医師（全国に居る）たちを教育する任務もあつた。いかに、そのころ、トピックスになり、注目をあびてゐるとはいへ、ただちに、早期胃がん研究のノウ・ハウを教へてもらへるわけはない。ぼくは、ほんの二言三言、がんセンターの廊下で、非公式に、久留勝博士に紹介されただけで、ひとりで、週に一回、久留さんの講義のある日の午後、デモンストレーションの教室へ行くことにした。幸ひ、がんセンターには、慶大の同級生で肺がんの病理をやつてゐる人が居て、その部屋で白衣に着がへて、早期胃がん研究のノウ・ハウを、いはば盗みに行つた。ぼくは、多分、一年近くそこへ通つた。本も読んだ。X線写真の分析から、病状報告、そして病理標本の解説まで、実に見事なクルグス（病例報告）がされて、諸外国からの見学者も多かつた。今は亡くなられたが病理学は佐野量造博士が担当してをられて、久留さんとの対話など、大そう面白かつたが、何より、この進歩的で自信満々で、時代の脚光をあびてゐる学派の教室の雰囲気が、うらやましかつた。

小林勇の筆は、久留勝の、ぼくなどの全く知らない側面を伝へてゐる。たとへば久留勝は、ときどき大学教授にさういふ人が居るやうに、短歌も作つたといふ。『はなよろひ』といふ文集があるさうである。アマチュアの域を出ない、その歌を、ここで引用する必要はないであらう。

久留博士は、軽妙なジョークをとばしながら、講義した。鋭く主治医や研究員の気がつかないところを質した。フランス人の見学者にはフランス語で、ドイツ人にはドイツ語で、アメリカ人には英語で応対した。ぼくは、久留勝の研究歴に、「脊髄後角内痛覚伝導路起始細胞の確定」といふ、神経病理の研究があるのを知つて、驚嘆した。ある意味で、久留さんは、理想的な外科医といつてよかつた。かつて、肺の病理から、肺結核症の深奥部に達した岡治道博士のことをきいて、心ひそかに、さうした道を求めてゐたことがある。理想像はそこにあつても、ぼくの場合、才能も性格も研究歴も、そちらへ向いてゐなかつたのだ。

久留勝博士は、（小林勇によれば）一九七〇年九月に没してゐる。ぼくが、東京を逃れて九州を放浪してゐたころである。

ぼくは結局、がん学の方へは行かなかつた。病院にも、早期胃がんをうけ持つだけのスタッフは居なかつた。進行した胃がんの材料をフォルマリンに漬けたり、切つたりして、ぼくの六〇年代後半は暮れて行つた。

腫瘍学滔々《たうたう》として部屋ありきたとふればモンゴル奥地かここは
舗道には斑《はだ》ら殖えゆく昼の雨愛ありて行く仕事ならずも

かういふ歌が、このころの気分をおもひ出させたりする。知らぬ他人のところへ行つて、なにかを学ぶといふのは、大変に苦しい作業である。「モンゴル奥地」のやうに未知の場所に行けば、恥も、うんとかくことになる。

青あらし映せる水に手を突きてああ忘れたき恥ありしかば

といふ一首は、あのころに、あちらこちらで味はつた失意と恥辱の記憶にさはつてくる歌である。

七

父よ父よ世界が見えぬ

キリスト教との距離

1

九年目の今年（一九九八年）に、大学を退くことは初めからわかつてゐたが、それでもいよいよその春ともなると、身辺に迫つて来るものがある。その一つに、年齢の意識が徐々に変るといふことがある。人間は、自分を一定不変の定点のやうに思ひ勝ちである。だが、現実には、定点ではない。移り行き、変り行くなにかである。その変化、移行のすがたは、なにかの鏡に映してみないと、見えない。大学の関係者や、京都近辺の知友たちが、ぼくの退任をめぐつて、いろいろのサインを送つてよこす。そのサインに対して応へてゐるうちに、自分の変化が——この九年間の変化が、といつてもいいし、ここ一年間のにはかに生まれた境遇の変化が、といつてもいいのだが——はつきりしてくる。

ぼくを、九年前京都精華大学へさそつたのは、笠原芳光さんであつた。笠原さんは、宗教思想が専門で、塚本邦雄論の著書があり、吉本隆明氏とも交流のある特異なキリスト者（キリスト者といふのは、所謂クリスチャンではない。この点の説明を今は省く。）であるが、かねて『朝狩』のあたりのぼくの歌に関心を抱いてゐて、数ある著書の中に、ぼくの歌を、キリスト教宗教思想を基にして論じたこともある。

一九八六年（昭和六十一年）ごろに、多分ぼくが十二指腸潰瘍を病んで一箇月ほど入院した直後だつたかと思ふ。突然、笠原さんから電話があつて、会ひたいと言はれる。そして、豊橋市へ来られて、話した時、「うちの大学が、数年後四年制の大学に変るので、人文学部へ来ないか」と誘つた。むろん、国立病院の医師をやめて、大学へ転職するといふ意味である。ぼくは、そのすこし前から、どこからのお誘ひがなくとも、病院勤務はやめて、文筆一本の生活をする気持になつてゐた。ちやうどその折に合はせるやうな、勧誘だつたので、すぐに気持が動いて、家族と相談して、快諾した。

そのあと、一九八九年春に大学へ移るまでの二年半といふのは、もう医師をやめることを前提とした病院勤務だつたといつてよい。国立病院の定年までには、まだ数年の余白日《じつ》があつたが、ぼくは、綱渡りのやうな形で、病院勤務医のきびしい生活から、抜け出したのである。

抜け出したといつたが、逐はれて逃げ出したといつても、さう違ひはない。北里研究所附属病院からも（別段、追放されたわけではないが）そこに居る理由が希薄になりながら、逃亡して出た。そのころのことを、今、この「回想」に書いてゐるところである。更に、福岡県立遠賀病院（一九七〇年暮から勤務した）から、一九七四年春に、豊橋国立病院へ転出する時も、周囲から、絞られて行く行動半径の、ある帰結のやうにして、旧職域から脱出して、他所へ移つた。誰かの命令によるものでもなければ、上からの指令でもなかつた。周囲から絞り込まれて行く一本の狭い道の上の移行。自分で選んだ道だともいへるし、目に見えない力が働いて、ぼくにその道以外にはないと思はせて行つたとも言へる。長い妊娠期のはてに一箇の卵が、産道を押し出されて出るみたいに、＜転出＞とか＜逃亡＞とかが、やつてくる。

同じやうな経過が、国立病院から、京都精華大学への道程にも、（今となつてみると）見られるのである。笠原さんは、大学への勧誘者であるが、同時に、ぼくの中に次第に熟しつつあつた＜転出＞のメカニズムに、最後の一衝きをあたへた人でもあつたのだ。

2

職域が変はり、或る職場から＜脱出＞する過程といふのは、ぼくの場合、ある一つの家族関係からの離脱といふことでもあつた、と今さらながら気付くのである。

この三月に、ＮＨＫラジオ第二放送の「宗教の時間」で話しをすることになり、キリスト教に由来した自分の歌を、『斉唱』の昔から、近年の『神の仕事場』に到るまで、抜き出して、それを材料にして、自分の歌と宗教（キリスト教に限らないし、結局は、宗教感情特に祈りとか行《ぎやう》としての歌といつた所へもかかはるのだが）の関係を、ひとり語りで三十分しやべつた。「宗教の時間」とぼくを結びつけた機縁にも、笠原芳光さんの、蔭からの推薦があつたときいてゐる。

自分の歌の中から、宗教にかかはる歌を選び出す作業の中で、妙なことに気が付いた。どうも、ことは、深く、家族とかかはるらしいといふことだ。むろん、この家族といふ概念は、実態もろとも、いまさかんに揺らいでゐる。明治以来築かれて来た近代家族の像は、近世までの前近代の家族像を崩しながら築かれたものであつたらう。しかし、その近代家族の像も、崩壊しつつある。強い男を中心に据ゑて、戦ふジェンダーとしての男性を表てに立てた家族は、どんどん変容して行つた。かういふ家族像の変異のなかにあつて、家庭宗教として伝へられ教へられたキリスト教と、それに対応するぼくの歌も、次第に変異して行く。

ぼくの場合、思想としてのキリスト教とか、すがり救はれるかたちの宗教とかいふ前に、家庭宗教としてのキリスト教があつた。ぼくの生まれた時に、名古屋市の或るキリスト教の教会の教会員として父母が居た。「アララギ」会員の父母を持つたといふことと、よく似たかたちで、キリスト教徒を父母に持つたのであつた。

マルコ伝第七章に栞おき一日を決めむ今朝のやすらぎ　「○」
讃美歌のみ家族の誰からも好まれて父に母に見て来《こ》し基督者生活《クリスチャン・ライフ》よ

この二首は十代の学生のころの歌で、一つは、安らぎの歌で、もう一つは苛立ちの歌である。これらは、敗戦後の日本をおそつたキリスト教の一種のブームを背景とした歌でもある。当時、マッカーサーの占領政策は、たくさんの宣教師を日本全土におくりこむことによつて、日本人の宗教意識の改変を期待したが、結果として、アメリカ型のキリスト教風俗が多少残つた程度で、ブームの衰退と共に、各教会に寄つて来てゐた若者たちも姿を消して、また元の日本的な、べたつと現世的な宗教風土へ帰つた。超越的な一神教とは無縁の風土へともどつたのである。

「マルコ伝第七章」とはなんだらう、と調査する必要はない。聖書にあたれば、どのやうな聖句をも引き出すことができる。例へば「人より出づるものは、これ人を汚すなり、それ内より、人の心より、悪しき念《おもひ》づ」（第七章　二〇―二一）などといふ所を抜き出してみるのもよからう。けれども、それは今の時点からやつてゐる作業で、おそらく虚しい。「マルコ伝第七章」といふ、ことばの響きとか、字面の視覚的印象とか、いつたものが、十九歳だつたぼくを動かして、かうした歌を作らせたのだらうし、なによりも、（あとの歌に見るやうに）「家族」の中に浸透してゐた教会中心のキリスト教の安定した思想を背景にしてゐたことが大きい。

つまり、ぼくは、やすやすと、或る宗教的雰囲気の中に居た。キリスト教は、家の宗教であるから、先験的にそこにあつた善なるもので、それに寄り添ふことによつて、たとへば「マルコ伝第七章云々」の歌は生まれ、それに逆らふことにより、「讃美歌のみ云々」のやや批判的な歌が出来た。だから、ぼくの中には、いはゆる敬虔なキリスト教徒などといふもののイメージは、はじめから無かつたし、今も無い。敬虔な、といふ言葉には、行ひの正しい、とかいつた臭いイメージがあるが、父も母も、そんな人物からは遠かつた。それだからこそ、キリスト教に近づいたのだとも言へないし、「善人なほもて成仏す、いはんや悪人をや」といつた逆説をふりかざす必要もなかつた。西欧キリスト教国の普通の俗人たちがさうのやうに、風俗までふくめた宗教行事としてのキリスト教に参加しつつ、そこから慰めをつねに得てゐたのであつて、「なんだ、好きなのは讃美歌の陶酔感だけぢやないのか」と批判してみたつて、別段それは背徳的な行為といふわけではなかつた。むしろそれは、父母や兄弟妹との間に形成されてゐた家族からの、かすかな離脱の志のあらはれとして見た方が正しいのかも知れないのであつた。

3

このやうに話して来ると、今度は、自分が夫または男として、やがて父になる可能性を秘めつつ、現に子の父にもなつて形成した家族からも、ぼくはいくたびも離脱して来てゐるのを思ふのである。

家庭宗教としてのキリスト教からの離脱と帰属。そして、自ら作つた家族からの離脱と新生。この二つのことは互ひにある関係を保ちつつ動いてゐるやうに見える。

詩歌などもはや救抜《きゆうばつ》につながらぬからき地上をひとり行く我は　『眼底紀行』

アリョーシャたらむとしたる一日の夕ぐるるころわが器官燃ゆ
おおわが神青空に棲むわが神よ危うき午後を越えさせたまえ

この三首は、一見つながりがないやうに見えてつながつてゐる。「救抜（エルレーズンク）」といふドイツ語からの訳語が、そもそも宗教的な色彩を帯びた言葉であつた。日本人の罪意識といふのは、どちらかといへば、穢《けが》れの意識に近いので、キリスト教の教へる原罪――人間存在の根本にある罪あるいは堕落といふのとは違ふ。ぼくもまた、さういふ日本人の罪意識を先天的にうけ継いで生まれてゐるのだが、家庭や読書の影響から、キリスト教的な原罪の観念によつて染め直された所があるに違ひない。

救抜は、さういふどうしやうもない地獄から、超越神の力によつて（または、神の愛によつて）救ひ出されることに違ひなく、それは、地上的な努力の結果として、生ずる現象ではない。だからといつて、なぜ、ぼくは、詩歌に「救抜」などを求めたのか。求めてもそれは得られない、といふ告白が、この一首のモチーフであるが、キリスト教的にいへば救はれないのは当り前ではないのか。

そもそも、道元がいふやうに、また、プロテスタントのカルヴィンが言つたやうに、芸術文学の類ひは、宗教者の行の外にあるものだ。不要なものだ、とはつきり言はないまでも、ほんのつけたりの部分である。「詩歌」にかかはり「からき地上をひとり行く」ものは、もともと、救抜からわざと遠い道を歩く者なのである。そして、それ自体、堕ちてゐる状態なのである。だからこそ、「おおわが神青空に棲むわが神よ」と、露骨に、救ひを求めて声をあげるとしても、身は神に向かひつつ、他方、詩歌の神（もし在るなら！）にも目をやつてゐるのである。

「アリョーシャ」は、ドストエフスキイの『カラマゾフの兄弟』の中の、末弟の名である。聖らかな存在として描かれてゐるアリョーシャは、若いころ、自分のあこがれの的であつた。何故なら、「わが器官燃ゆ」とうたつたやうに、自分の中で、性欲はつねに、聖められて生きることをはばんでゐるやうに思へたからである。

父よ父よ世界が見えぬさ庭なる花くきやかに見ゆといふ午《ひる》を　『天河庭園集』

といふ歌の場合の「父」は、直接には、離れて生活してゐた父、幼少年期より、科学書の読み方、思想書や宗教書の読み方にまで指導してくれた岡井の家の首長たる父、弘のことを指してゐるのであらうが、その遠い向う側においては、父なる神（キリスト教における砂漠の怒れる神、審く神ヤーウェ）を呼んでゐたのである。「世界」と「さ庭なる花」とは、遠く大きな目にみえぬ世界の秩序構造と、ごく近辺なる私的な領域の対象の対立と対照をあらはしてゐる。ぼくは、「父よ」と呼び、「世界」に対して盲目になつて行く過程を訴へて、そして、どうして欲しいと思つたのであらうか。

万軍の主よ在《いま》すなら、否いますことあらざらむ罪は愉しも　『天河庭園集』

の場合も、「万軍の主」は、旧約聖書の、特に『詩篇』において顕著にあらはれる、ヤーウェへの呼びかけである。「万軍」とは軍事的な形容であるが、戦ふ「主ヤーウェ」とは悪と戦ふ主といふことなのであらう。これに、このやうな訳語を与へた明治の人達の言語感覚は、とくにバングンといふ語音の把握において鋭かつた。

この歌は、もう全く、倫理的には崩壊してしまつて、「罪」を肯定し、悪を悦んでゐる歌である。家族をうら切り、女をうら切り、どこかへと脱出して行かうとしてゐる中年の男が「罪」はたのしい、だからこそ、もう「万軍の主ヤーウェ」なんて居ないんだと、怖ろしいことを言ふ。神の不在、神の死を言ふ。しかし、途中まで彼は、「万軍の主よ在すなら」と言ひかける。折りの、頭の部分だけはとなへてゐる。そして途中で、寂しく頭を振つて「いますことあらざらむ」いらつしやることなんてないであらうと呟いてゐる。

かういふ時、ぼくの内部にはいつも、性欲といふ神の与へた人間の与件が、悪として、罪ぶかいものとして、とらへられてゐたのは奇妙なことである。しかも、家族とはつねに、この性愛なる魔ものを媒介として成立するものなのである。

ぼくは、このやうな歌を作りながら、神には告白し続けたのだが、これを家族には伝へることはなかつた。家族は、ぼくの歌を知らず、ぼくの心の中のキリスト教的な神の所在を知らなかつた。それを教へることもなく、或る女からではなく、その女と共に作つた家族の総体から、逃れるやうにして、ぼくは〈脱出〉を遂げる。そのありさまは、あたかも一つの職場から離脱する姿や、キリスト教的規範から抜け出ようとする過程とよく似てゐた。

八

家出するときの歌

——日曜といふ空洞

1

七〇年代の回想へ入らうとして、どうしてもためらつてしまふのは、一九七〇年夏に九州へ逃走したあと、七五年の『鷲卵亭』まで、五年ちかい空白があるためである。

短歌を自注する形で続けて来た、この「回想」の約五年を、どう渡るのか。むろん『茂吉の歌私記』『茂吉の歌　夢あるいはつゆじも抄』『慰藉論』『辺境よりの注釈』と、ちやうどその空白の五年の間に書いた散文の作品（エッセイと評論）はあるから、散文を紹介しながら、この短歌的空白の意味を、あつさりと回想することは出来るだらう。ぼくは、いづれ、それをするつもりだ。

だが、もう一回だけ「天河庭園集」（アマノガワテイエンシュウと読む。『岡井隆歌集』といふ、一九七二年に思潮社から出た全歌集の中に編集して入れたもの。のちに福島泰樹が編集した単行本『天河庭園集』と内容が重なるが、編集方法が違ふ。）に触れたい。

出奔する寸前にした編集である。この『岡井隆歌集』（一九七二年、思潮社刊）について、ぼくは、十五年後の一九八七年に思潮社から出た。村上一郎の評によれば『電話帳のやうに厚い本』であつた。わたしは、その時、もう東京にはゐなくて、九州は福岡県の岡垣町にゐた。作歌はまつたく廃してゐた。散文は、筆のすさびに書いてゐたが、作歌を復活させる気持ちは、なかつた。」

「本は、一九七二年に思潮社から出た。村上一郎の評によれば『電話帳のやうに厚い本』であつた。わたしは、その時、もう東京にはゐなくて、九州は福岡県の岡垣町にゐた。作歌はまつたく廃してゐた。散文は、筆のすさびに書いてゐたが、作歌を復活させる気持ちは、なかつた。」

出奔の直前に、さういふ全歌集本を編んで出版社に托すとは、つまり未練である。未練であつて、しかも、意地でもあつたらう。しかし、この未練も意地も、世間には通じなかつた。そんな風に見えたのだが、小池光の書いたものを読むと、この思潮社版の本を読んだことがわかる。もつとも、小池光は、歌集の中の歌よりも、それにつけた散文詩風の作品が面白かつた、と書いてゐる。

ブルデルの弩《ゆみ》引く男見つめたり次第に暗く怒るともなく　「天河庭園集」

小池光の『鑑賞・現代短歌　岡井隆』（本阿弥書店）といふ本の中に、右の一首がとり上げられてゐる。小池は、この歌について次のやうに書いてゐる。

「ブールデルの『弓引く男』はあまりに知られた彫刻、左足を前にふんばり、右足をふかく畳んだ男が大弓を引く。上野の西洋美術館の庭に置いてある。雄大な力のみなぎったそれに見入っているうちに、鼓舞されるどころかかえって暗澹たる気持ちになった。そこに露出する『男』というもののゆえに、という歌である。『怒るともなく』にわずかな屈折があるが、それでも難渋なところはなく、ごく自然な許容を許す。」

小池の此の本は、書かれる側から見ても、小池光の散文の面白さが到るところで発揮されてゐる本だと思はれるが、右の部分でも「男」（「ブルデルの弩引く男」）を抽出してゐるところが目立つ。そのあとの記載でも、「修辞上工夫らしい唯一の工夫は、弓でない『弩』の字の喚起力である。これが『怒』に造形上の伏線になってさしわたされる。」といふ一節がある。漢字の視覚上の類似（弩と怒）を指摘してゐるのであつて、作者の全く気がつかなかつた点に、小池の筆は及び、独自の読みを展開してゐる。

2

「天河庭園集」は、四首一組を六十章あつめた形をとつてゐる。だから二百四十首。それに、

曙の星を言葉にさしかへて唱《うた》ふも今日をかぎりとやせむ

といふ序歌がつく。「今日をかぎりとやせむ」と言ひつつ、ぼくは歌を止めた。この二百四十首が、暗く、湿気を帯びてゐて、泣きが多いのは、落人の歌だからで、しかし考へ様によつては落人の小唄は、ぼくらを優越感のうちに引つぱりこむから、自分のこととして読まなければ、はらはらしながらも「堕ちよ、落ちよ」と念じつつ愉しむことにもなるわけである。とにかく、前半はかなりの失意と失恋の歌である。愛はことごとく成就せず、拒否されて行くさまを、歌をあげて追つてみようか。

ふと絹の道みえてくるひるすぎのひとつの愛を揉み消さむとて
しりぞきてゆく幻の軍団はラムラムララムだむだむララム
いづこより凍れる雷《らい》のラムララムだむだむララムラムララムラム
聞こえぬか聴かぬか天のザムザザム訣《わか》れの声は雨に満ちつつ
西欧の辺縁か此処　ねばねばと他人《ひと》のこころの摑みがたきは

ラムララムとかザムザザムとかいつた自分で作製したオノマトペは、ぼくの韻律論の実地応用のつもりでもあつた。(韻律論については、この回想の第二部参照)それにしても「幻の軍団」とはなにか。退却して行く軍隊。それは、六〇年安保以後の後退戦のイメージが重ねられてゐたのだが、それと同時に、自分を打ち捨てて置いて退いて行く「愛」の現実も重ねられてゐた。

「凍れる雷」がなりひびく。雷は、つめたく凍る冬の雷である。「天のザムザザム」といはれる雨も、冷えた冬の雨である。やあ、あの雨乙女のつめたい声がきこえないのか。それともききたくないのか。おわかれの時が来たんだよ。状況はお前さんにつめたいんだよ。ちよつとは靡きさうだつたんだが、結局、「さよなら」なんだよ。「訣れの声」さへ、雨の声に、ずぶ濡れなんだよ。「ふと絹の道」つまり東を西へつなぐシルクロードが見えてくることもあるんだが、お前はその「愛」をいそいで揉み消さねばならない。なぜなら、どのみち成就するわけはないのだから。そして「他人のこころ」ぐらゐ、「ねばねばと」してつかみにくいものはないのだから。ここ日本は、東洋といはれてゐるが、近代以後「西欧の辺縁」部分なのではないのか。東洋なのに、西欧風の考へ方が無理に横行する。どこまで行つても辺縁であつて中心ではない。さういつた疎外感のさびしさが、女人の心のつかみにくさとどうかかはるのかはわからないが、とにかく歌の中にこの二つの異質の感想を同居させてみよう。

旅にして遭ふ秋おそき颱風のふりそそぎくる拒否かと思ふ
重くまた狭く募ればこころよりこころへさやぐ枝架けゆかむ
幻の性愛奏《かな》でらるるまで彫りふかき手に光差したり
オーボエはためらひ声は別れゆくひややかに響き合ひし昨《きそ》の夜
鳥刺《さ》しのアリア遠ざき行くまでの苦しき刹那刹那の持続

登りつつ克《か》てよ克てよと喘ぎ行くかちがたきかも秋山われは

ぼくはそのころ腫瘍学（消化器系のガンの研究）に興味をもつてゐて、前にも書いたが、国立ガンセンターへ勉強に行つてゐた。「旅」は大てい、ガン学会やガン治療学会のたぐひに行く旅であつたが、「拒否」された愛について、失意について、学問が慰藉することはあり得なかつた。「重くまた狭く」心は相手に向かつてつのる。「こころよりこころへさやぐ枝」をかけわたすことはダメなのか。さう思つて試みると見事に失敗する。それでも「枝架けゆかむ」と思つてあきらめない。「彫りふかき」女人の手に光が差してゐる。それが見えてゐる。しかし、あくまで「性愛」をもつて、それに触れることはできない。「性愛」は幻の楽のやうに、そこに奏でられるだけなのだ。

「鳥刺しのアリア」は、オペラ「魔笛」の中の歌である。このころの歌に∧日曜といふ空洞をうづめたる西欧楽《せいおうがく》のかぎりなき弦∨といふのがあるが、ぼくは、苦しい心をまぎらはすのに、音楽をきくこと、それも西欧の音楽を、当時のことだからL・Pのレコードをきくことで、からうじて耐へてゐた。「オーボエはためらひ」とは、自分の心の喩である。「声は別れゆく」は相手の心の喩であらう。ひややかに響き合ふオーボエと声。それ以上の所まで行かうとしない男女のあひだ柄。「秋山われは」の歌は、今まで明らかに覚えてゐるが、秋の紅葉の時の山行きのことで、これも「克ちがたき」自分をあはれんだ涙つぽい歌である。どうしてこんなに暗い歌ばかり作りたがるのか。それが落人の常なのか。いや、愛を得てゐない者の悲しい習性なのだ。

3

ぼくは、二十年後の一九九〇年に、ふたたび家を出て、新しい愛を求める旅に出たのだつたが、そしてその時の歌は、歌集『宮殿』に編みこまれてゐるのだが、虚無的な歌の中に、次のやうな歌が入つてゐて、その点が「天河庭園集」の前半部とは違つてゐる。

さつきまであなたの座つてゐた椅子に馬具のかたちの夕陽《ゆふひ》差したり
もうすこしすれば戻つてくる椅子に交叉し置かむ鵞毛のペンを
愛しめばところかまはず甘嚙みをしてゐるやうな冬空が見ゆ

七〇年ではない。九〇年代である。光は椅子に差し、その椅子は、さつきまで「あなた」が坐つてゐた。そして「あなたは」もうすこしすれば、この部屋にもどつてくるんだ。いたづらに鵞毛のペンをX《エクス》の形に置いておかう。見あげる冬空は、雲が行き交つてゐて、雲でさへ、「甘嚙み」をし合つてゐるやうではないか。いろいろと、ぼかしをほどこして言つてゐるが、これらは愛を得た者の歌であつた。

4

「天河庭園集」の後半には、次のやうな歌が出現してゐて、出奔への動機の一つを形成してゐる。前半と後半との間に、入院手術をした一時期がさしはさまれてゐるのも奇妙な偶然である。

一箇の運命としてあらはれし新樹を避くる手段《てだて》ありしや
溺愛し居たる刻《とき》すぎ月光はあまねからむと口漱ぎをり
一方に過ぎ行く時や揚雲雀啼け性愛の限りつくして
ちかぢかと抱きよせて截るしなやかな幹とわれとの世代差あはれ
欲望のささくれ立ちて声もなき群青《ぐんじやう》くらきまで煮つめたり

なんだらう、ここにあるのは。「欲望」といひ「性愛」といふ。愛といへども「性」の愛である。どこかに、一方的なところがある。「抱きよせて截る」といふのも、男の側からの行為である。「新樹」といふ比喩にも「避くる手段」といふあたりにも、双方向性といふか、男女の心の相互性といふのが欠けてゐるやうである。「欲望のささくれ立ちて」といふ。どこか暗く、しかも成就してゐる感じだけはある。

「人間的な欲望というものはもう既に根源的に、その本質上、罪あるもの卻《しりぞ》けられるべきものである」とショーペンハウエルは言つた。（「自殺について」）彼は「我々の現存在それ自身が咎《とが》を含んでいるということは、死がこれを証明している」と附け加へてゐる。

性愛は、欲望は、それだけなら、純粋な愛へ昇華して行かないのではなからうか。それは死への序曲でありうる。

一九六九年から七〇年へわたるこの時期が、いはゆる学園闘争の政治的季節と一致してゐたのは、ぼくの歌の愛の行方に、微妙な色彩をつけ加へた。

苦しみつつ坐れるものを捨て置きておのれ飯食む飽き足らふまで
一駅を占めし学生群さへや夕餉《ゆふげ》のひまの一画像のみ
予定して闘争をするおろかさの羨《とも》しかれども遠く離《さか》りつ

ぼくには、まだ、病院へ就職する前の、一九五〇年代の政治運動の記憶がのこつてをり、はげしい学生運動の映像をみると、過去がうづいた。「苦しみつつ坐れるもの」は、学生群が、新宿駅を占領したり、キャンパスで闘争するのを指してゐるが、これを、家にゐてぼくの心の奔騰を見ながら耐へてゐた家族のことととつても、間違ひではない。

飯食ひて寝れば戦《いくさ》はどこにある俺といふこのこごれる脂《あぶら》

あぶら耀《て》る熱き肉塊をぼうとして見てゐるアナーキストの阿呆
共謀して嘘いつはりへさそひ込む目をおほはしむる愉し人間
力強く作られて行く虚偽のためひねもすくらく協力したり
俺はひとりの男にすぎぬ逃げるなよ金だらひなぞ持つて廊下へ

全くをかしいではないか。一人の男がゐて、遂に逐ひつめられてしまつた。「こごれる脂」だといふ。戦争なんてどこにあるんだいとうそぶく。「アナーキストの阿呆」と自分を規定する。「嘘いつはりへさそひ込む」共同作業をしてゐる人間どもを「愉し」と肯定してゐる。どこかやけつぱちである。アナーキストであつて、虚無につかへるニヒリストでもあるやうだ。「力強く作られて行く」日々のうそいつはりのために、その作業に協力してゐる。ただし「くらく」である。それ位の自覚はもつてゐる。「逃げるなよ」と女を追ふ。おれは「ひとりの男」にすぎない、といふのも大うそなのであらう。

声しのび女は泣けどふと遠きくらき未来をわたる雷《いかづち》

とある。「遠きくらき未来」を望見しながら、この男は、逐電し、逃走し、西行し、ドロップアウトする外なかつた。この男の行方には長い雌伏の時が待つてゐたのだが、彼はまだ、それを知らない。

九 逃亡記

弟に会ふまで

1

一度、むかし、自分が言つたり書いたりしたことを、自分自身に対する批評のやうに思つて読むことがある。

『岡井隆コレクション　全八巻』（思潮社）は四年前の一九九四年夏に第一回配本が出はじめた。その第一回配本は『斎藤茂吉論集成』で、その「月報」は山田富士郎との対話（といふより、山田君がインタビュアーになつてぼくに内輪話をきくといふプラン）なのであつた。

「『茂吉の歌　私記』あるいは『茂吉の歌　夢あるいはつゆじも抄』という本は七〇年代初頭

という時代背景を考えると、反時代的で孤独な作業だなという印象がひじょうに強い本ですよね。この本は日記のような書き方と作品論の部分とのアマルガムのような形態になった内容なんですけど、それを読んで岡井さんの以前からの読者でなくとも具体的に知りたくなるディテールがたくさんあるんですね。」

こんな風に言ひながら、山田君は、東京から九州へ行つた時、宮崎市の「簡易宿舎」で、茂吉論ノートを書き始めた時の、その宿舎つてどんなところだつたのかと、きいた。

「ホームレスが寝るようなところじゃなかったですよ(笑)。いまのレジャー用の施設を健康保険組合が建てるような宿舎で、セルフサービスの、普通のホテルに比べれば粗末な宿舎でしたね。」

ぼくは、とりあへず、こんな答へをしてゐる。しかし、本当いふと、恥づかしくてたまらないのである。

すべては、あとからわかつて来たことなのである。日記と茂吉の歌の注解とのアマルガムだなどといふけれど、それとて特に意図したことではない。自然にそんな風になつて行つた。場所だつて、偶然そんな所になつてしまつたまでのことだ。「ディテール」について話す気持は(四年前は、ともかく)今では全くなくなつてゐる。のちになつて、蒼樹社の玉井伍一さんが—「週間朝日」にのつたぼくの記事を読んで―出版の話を持ちかけて来て実現したのではあつたが、『茂吉の歌　私記』などといふ本を出すつもりがあつて書いてみたわけではない。

いや、物を書く人間はいつでも、公表されることを半ばは予期して書いてはゐる。だから死後に公表されるかも知れないとは思つてゐただらうが、書いてゐる時は、それはこの次のことだつた。

ぼくは『茂吉の歌　私記』を一九七三年二月に出し、『茂吉の歌　夢あるいはつゆじも抄』を一九七四年十一月に出した。七四年一月の「現代詩手帖」に『慰藉論』を連載しはじめてゐるが、この執筆は、七三年の十一月に始まつてゐる。また、塚本邦雄についてのノートを書いてゐるが、これは、七二年三月から書きはじめ、七三年の九月に筆をとめてゐる。年譜風に書くと次のやうになる。

一九七〇年七月末　東京を去つて宮崎市へ行く。『茂吉の歌　私記』を書き始める。

同　十月末　博多に住む。

同　十一月末　福岡県遠賀郡大字手野に移住した。同十二月十二日『茂吉の歌　私記』を書き終る。県立遠賀病院に就職。

一九七一年春　遠賀郡岡垣町に住む。この年に書いた「茂吉論」の断片が残つてゐる。手野の病院公舎から岡垣町の公舎までは車で十分ぐらゐしか離れてゐない。尚、地方自治体の公務員の住居が公舎。国家公務員の住居が官舎である。

一九七二年　「茂吉論」断片を書く。三月より『辺境よりの注釈——塚本邦雄ノート』を書きはじめた。

一九七三年二月　『茂吉の歌　私記』出版。

かうして見てくると、一九七一年を唯一の例外として、七〇年から七五年まで——つまり歌集『鷲卵亭』を出して五年ぶりに歌人再生となるまでの間——ぼくは、さまざまな書きものをしてゐる。『茂吉の歌　私記』『岡井隆歌集』（思潮社、七二年刊）、『茂吉の歌　夢あるいはつゆじも抄』『辺境よりの注釈』『慰藉論』（これは七五年十二月刊）と五冊の本を出してゐる。だから、歌人として七〇年七月から七五年春まで約五年間、歌を作らなかつた、歌人として再び活動するつもりはなかつたといふのは、気持としてはその通りであり、雑誌等に歌を発表することがなかつたのも本当だけれども、散文のかたちで、抒情してゐたのはまぎれもないし、ところどころに、俳句らしい作品や、多行詩が書き込んであつたりするのだから、抒情家としては、持続してゐたのではないか、といはれても反論しようがないであらう。なんだか、東京からドロップ・アウトして九州へ行つたために、書きものの巾がひろがつた気味もなくはない。今さら「ディテール」などを話してみても、恥づかしいばかりだといふのは、それを言つてゐるのである。

2

さきの年譜風記載につけ加へると、

一九七四年五月　愛知県豊橋市へ移住。国立豊橋病院に就職、官舎に住む。『慰藉論』書き継ぐ。年末より歌作を試みる。

一九七五年　一月より読売新聞に短歌時評（月一回）を連載しはじめる。（これは以後八年間書き続けた。）母死去。歌集『鷺卵亭』を刊行。

といふことにならう。ぼくが、散文のかたちで、情を抒《の》べてゐるといふのは、例へば次のやうなところである。

「重い朝の雲がやがて刷毛ではいたような巻雲にかわると青空がうっすらとひろがった。茂吉の歌の注釈をはじめる。昨夜は驟雨があったのか宮崎の街は濡れている。熊蟬の声がちらちらと遠くから降ってくる。」（『茂吉の歌　私記』の冒頭。一九七〇年七月三十日

ぼくの手許には、岩波文庫本の『赤光』『斎藤茂吉歌集』と『岩波国語辞典』の三冊だけがあ

つた。ドロップ・アウトとはさういふことである。逐電といつても、蒸発といはれても同じことだ。勤務先の病院の自分の書棚に偶然置いてあつたこの三冊を摑んで、一散に駈け出したといふ恰好である。なぜこの三冊だつたのか。多分、茂吉のことを書いて時をすごしたい、と思つてゐたからなのだらう。医書としてはメルクの内科書（英文）が小型だつたので、それだけ持つて出た。

「台風六号の接近を告げる声がきこえる。どこからか、塵芥の匂いが来る。雲は積雲調になり、白い細かい驟雨は、嵐の前ぶれ、降っては止む。蒸しあつい室内に三田明君の『恋の奴隷』が流れる。」

さういへば、トランジスター・ラジオを一個持参してゐた。

「（また、横道へ逸れてしまった。台風六号は九州南方海上をゆっくり北上しているらしい。ゆっくりと北上？台風は生きものか。集中豪雨なんて言葉も、語感がいかにも学者の漢語ごのみを示している。むかしは大雨《おおあめ》と言っていた。強い雨。弱い雨。大雨、小雨《こさめ》。もっとも弱い雨とはあまり言わぬ。そんなにつよくない雨という。あるいは、弱い降りだという。やわらかい雨とはいうが、かたい雨とはいわない。）」

こんなことを所々にはさみながら、本文としては、茂吉の、

海のべの唐津のやどりしばしばも噛みあつる飯《いひ》の砂のかなしさ　『つゆじも』

の注釈を、長々と書いてゐるのである。注釈そのものも、学者風のかたくるしいものではない。思ひつくままに、あちらこちらと話題をうつしながら、韻律と意味の分析を加へて行く。そして、茂吉の他の歌に筆が及んで行くにつれて、『赤光』『あらたま』に焦点が当てられて行く。ところで、九月十一日のところに、次のやうな記載が混入してゐるのは、そのころのやや切迫した心理を反映してゐるといつてよいだらう。

「私は明日佐多岬へ出発するつもりである／私は今、ある部屋に立ってあたりを見回している／そこにのこされていた一冊の緑いろのノートの中の注釈日記をよむ／青島へ行く／そこでいくたりかの聞き書き／アパートの隣人の眼からみたそのカップル／近所の店の人の人からきいたそのカップルの動向／男の買物・女の買物／H荘の女中さんの話／注釈日記の中に或る愕然たる記録を発見／私の出現は予想されていたのだ／私は明日そのカップルの死体が揚ったといわれる佐多岬へ出発しなければならない。」

また同じ日に、次のやうにも書かれてゐる。

「私は誰か／それは今はいうまい／私が誰であろうとどうでもいいことだ／わたしは非人物の存在／もはや在ってないも同然の過去の風景／此処に生きたあの二人／あの二人とは言いよどむ／そのうちの一人だけは確実に生きた愛したそして書いた／私はもう一人については知らない／知ろうともおもわない／この冷蔵庫の上で或る宵泡をふきこぼして煮えていただろう米のように／私は誰か／私は―十歳の童女／私は叩きこまれた国語能力のすべてをあげて告発している／私は破壊された一つの生活のかけら。」

かうした断片的な詩は、注釈と注釈のあひだに、さりげなく挟みこまれてゐる。

もつとも、次のやうな、やや図太い生の讃歌もなくはない。青島は宮崎市郊外の島。

「青島は地《ぢ》の島だ。（その地の島について柳田さんは書いている。）青島にむかって注釈を放つ、海の中から。たえず注釈者の立場をとって生きただけの男の悲しさ、というあたりへ、この『注釈の周辺』がたどりつけば、注釈の終焉が来る。／生きとし生けるものに向けて、うつくしき注釈を拡げよ。精細な注釈の網を投げよ。」（九月十日）

次のところは、多行に書き直してみよう。

碧瑠璃の波と空の間に、
次第にひろがって砕ける僻見の群がり。
それを、放ってやまない八面玲瓏たる青年の精神の立像のイメジが、
いつも、波にぬれ日に光る筋肉の発芽態として眼前にちらつく。
責《せ》め馬、あれは性の騎乗だ。
攻め太鼓の競り合いの
千の宣言の扇型の展開は、
狂女の一行書きに似ている。

すこしあと戻りすると、すでに八月七日にぼくは「不思議な男が、ぼくをじっと見ている。昨日、橘通りでぼくをじっと見ていた中肉中背の男。今日、末広通りですれちがいざま、じっとみていた男。見られている感じが強まる。」と書いてゐて、追はれてゐる男が、だれかに探しあてられようとしてゐるのを肌で感じてゐた。

「蒸発に関するテーゼ。蒸発者とは、つまるところ、どこへ行くのであろうか。人生へ一つの

批点を打刻して、そののち人生のどこへ身を沈めるのであろうか。地の島は本土への注釈に外ならぬのではないか。」

これは九月十二日の記載である。そして、九月十四日には、次のやうな部分もある。

「高さ15㎞の入道雲が市の上空を通過し、大粒の雨が沛然、あたりに満ちる。十五分位でさっとあがってまた暑い西日に洗濯ものを出し直す。スリッパのこちら向きなのを足指のさきですくうようにひっかけつつ、たった三尺ほどの厨に立つ、なぞというディテール。月差しにけり、月差しにけり。」

3

そして、この直後の九月十五日に、夜、アパートの、あけてある窓から、弟の顔がのぞき込んで、「おい、兄貴」と呼びかけられ、ぼくは、再び、〈現実〉の手に捕へられてしまつたのであつたが、このあとの記載が、そこまでの注釈行から色彩を異にして行くのは、止むを得ないところなのであつた。

もう一つ二つつけ加へて置くと、ぼくは、宮崎市へ到着して最初に投宿したH荘を、たしか一週間ほどで引き払つて、I荘というアパートを借りて住んだ。かういふ転居のための微妙な差違もあるのだらう。

I荘で、はじめ入つた時に、むろん冷房などあるべくもないから、暑く蒸れた畳の上に、前に住んでゐたらしい人の放置して行つたらしいマンガ週刊誌が山積みしてあつた。当時は、そんなに種類があつたわけではないマンガ本の中で「ビッグコミック」が何週間分かあつた。ぼくは、大体、東京で今までやつてゐなかつたことを、次々にしようとしてゐたから、このマンガ本を面白がつて読みはじめて、直に「ビッグコミック」のファンになつた。『慰藉論』の中に「引越し漫画帖」といふ一章があるのは、このあたりのことを証明してゐる。「ビッグコミック」は、まだ創刊されてから一、二年のところだつたのだらう。さいとう・たかをの「ゴルゴ13」も、まだ、はじまつてから数回といつたところで、絵も粗々しかつたが、うひうひしい感じのあつたころである。

生活を変へるといふ時に、従来タブーにしてゐた領域に入つて行くといふことがある。ぼくが、九州へ行つて、五木寛之、司馬遼太郎（それも『新選組血風録』のやうなものであつて、のちの偉くなられた司馬さんではない）をよみ池波正太郎を読むやうになり、車の運転をするやうになり、ゴルフに精を出したりしたのも、すべて、今まで、六〇年代までに存在してゐた岡井隆を否定してみたいと思つてゐた浅薄なリアクションだつたのかも知れないのである。

十

県立遠賀病院へ

『鶩卵亭』の編集

1

チェコの首都プラハにある旧ユダヤ人街に入つて行つて、カフカの生家を見たのは一九九八年六月二十日の午ごろだつた。中欧（このごろでは東欧といはないで、中部ヨーロッパといふことが多いさうである）のチェコの夏は、日差しは強いが、湿気がないからしのぎやすく、快い気候だ。カフカは、フランツ・カフカ。『変身』や『審判』『城』などで知られる作家である。こんな説明を加へるのも、カフカが読書目録からはづれてゐる現状を、大学生に接してゐて知つてゐるからだ。

現地でガイドをつとめたマルガリータが、なめらかな日本語で、「カフカは安部公房に影響を与へた」などと言ふので、ちよつと驚く。もつとも、彼女は大学で太宰治を専攻したのださうだから、これ位当然かも知れない。さきに、カフカの生家と言つたが、生家のあつた場所といふことで、現在のは建て直されたものである。建物の角に、カフカのブロンズ像（頭部のみ）が飾られてある。いかにも憂鬱さうなカフカ像の前を、イタリア、ドイツ、ロシア、日本などから来た観光客がぞろぞろと群れて行く。

ぼくらは、戦後に、実存主義の旗手としてのカフカを読むことになつた世代であつた。この回想記を書きながら、つねに感じ続けるのは読者（たぶん戦後生まれの人が多からう）とぼくとの読書歴の差違である。これはどうしようもない溝なのだらう。もつとも、岩波文庫の『カフカ寓話集』（池内紀《おさむ》編訳）の解説（一九九七年十一月筆）を読むと、不条理の作家カフカの新しい像がうかんでくる次第で、現代は、かつての「カフカ伝説」を塗りかへて、新しい世紀末風のカフカ像を作り上げつつあるのかも知れない。

そのせゐかどうかは知らぬが、プラハ城のそばにあるカフカの家（そこに住んで執筆したといはれる家）は、観光の目玉になつてゐて、カレンダー、写真集、カフカの著書、カフカ伝などが、（チエコ語から英語にいたる各種）積み上げてあつた。まさか、カフカせんべいとかカフカまんぢゆうといつたものは無いけれど、カフカは立派に解放後のプラハの観光に一役を買つてゐる。

ぼくは、クラウス・ヴァーゲンバッハの『若き日のカフカ』なんかを読んで、にはか勉強をして行つたのだつたが、プラハは、むろん、カフカの生きてゐた時代（カフカは一九二四年四十一歳で死去）から遠くはなれたプラハである。カフカの死後、ヒトラーのドイツがやつて来た。そして、そのあと、スターリンのロシアがやつて来た。かういふ歴史も、他人ごとではない。現にぼくらの国も、敗戦後、アメリカに占領され続けてゐるといつていいからである。

　そんなことを思ひながら、ホテルから遠望されるプラハ城をスケッチしたりした。カフカの『城』といふ未完の小説を思ひ出してゐたからである。『城』のモデルは、プラハ城ではない、といはれてゐるが、日夜カフカが見てゐたプラハの王城も、そのイメージ形成に参加してゐただらうことは否定し切れまい。

　ぼくは、二十八年前、『茂吉の歌　私記』の最後のところを、次のやうな感想で結んだことを、忘れることができなかつたのだ。

「カフカ的な構想が浮んで消える。

病院は《城》に似ている。O《オー》院。王院。王院は谷間にある。ヴァレイの霧。一角が見え、全貌は不可解な《城》への道、一人また一人、霧にまかれつつ逢う、歪んだ人物像。王院の王に会うまで。

＊

シベリア寒気団がどっさりと落ちこんで来ると、あられと雪とすきとおった冷気を流すのである。夜はかぎりなく清く星が近づく。」

2

カフカの『城』は、かつて一九六〇年安保闘争の時、故岸上大作が、

請い願う群れのひとりとして思う姿なきエリート描きしカフカ

として定着してゐた。『城』の冒頭を原田義人訳で示すと、

「Kが到着したのは、晩遅くであった。村は深い雪のなかに横たわっていた。城の中は全然見えず。霧と闇とが山を取り巻いていて、大きな城のありかを示すほんの微かな光さえも射していなかった。Kは長いあいだ、国道から村へ通じる木橋の上にたたずみ、うつろに見える高みを見上げていた。」

なほ、吉田正己の「解説」の冒頭を紹介した方が、さらに理解がすすむだらう。

「ある冬の晩、どこともはっきりしないある村に、Kという名前の男が現われます。彼は、村の近くにある城から土地測量師として招かれている、と称するのですが、彼の正体が何者かは、村のだれにも分ってはいないのです。城に電話をかけた結果、Kが城に呼ばれた人間であることだけは明らかになりますが、だれも城に通じる道を教えてやらないので、Kは城にのぼることができません。城は厳然として存在するにもかかわらず、なんとしても到達しえないところにあり

ます。そこで、城にはいることを許してもらおうとして、あの手この手と執拗にKの努力が続けられます。このはてしない模索は、Kにとって、とりもなおさず苦難の連続になります。『たとえ救済がやって来ないとしても、自分はいつなんどきでも救済にふさわしい人間でありたい』というのが、Kのいつわらぬ気持ちです。」（角川文庫本「解説」）

『茂吉の歌　私記』を読むと、いかにも愉しげに『赤光』や『あらたま』の注釈が続けられてゐるやうに見えるが、「愉しげに」といふのは「わき目をふらず、そこへ逃げ込んで」やつてゐるといふのが正しい。或る時点まで、（九月十五日に弟に見つかるまで）死の方向に向いてゐた生活が、生の側へと引き戻される。となると、現実は、それに責任をとるべき方向へ進む。

早く職に就け、そして置いて来た家に仕送りのできる収入を確保せよ。現在の生活を人並みに勤勉をもつて埋めよ。父母に迷惑を（金銭的にも）かけるな。そのためには、九州ならやはり博多だらう。博多へ出て来い。就職の上は、医業に専念せよ。

こんな声が、周囲（とくに肉親の側）から一斉におこつた。博多に住み、そこに安定した職をえてゐた弟が、これらの声を代弁した。

宮崎から博多へ出て、西新《にしじん》にすみ、意を決して、なんの紹介状もなしで、医師免許証と学位記だけ持つて、福岡県の衛生部を訪ねて行つて、就職をたのんだ。相手は、類例のないことなので、驚いてゐた。

ぼくは、ひつそりとかくれるやうに住めるところならどこでもいいと思つてゐた。県が考へてくれて、県立遠賀病院の院長と会つて病院をたづねた。玄海灘沿岸の町はづれにあつて、もともとは結核の療養所だつたが、今は一般病院として衣がへしつつあつた。さびしい田舎にあることが、ぼくには好条件だつた。

かういふ時、まづ問題になるのは、「岡井隆とはなにものか」といふことを、採用側に知らせることである、といふ点については、ぼくは、全く何も考へてゐなかつた。プレゼンテーション（自己提示）になれてゐないのは、ぼくだけではないだらうが、ぼくはとりわけ、その配慮が抜けてゐた。カフカの描く「K」が連想されたのは、おそらく、この体験によるものだつたらう。病院は、九大系のジッツ（医師派遣先）であるから、院長は、採用保留にして置いて、九大の教授の承諾をとる必要がある。そのためには、上京して、ぼくの元の職場へ行き「岡井隆といふ男」が、どうして九州へあらはれたのか、そのいきさつ（たとへば公金横領の末に逃走中かも知れないではないか）を知らねばならない。あるいは、院長は、ぼくの弟や父に会つたのかも知れない。

さうした手続きを経たあとで、県から辞令がおりた。ぼくは、採用側からさんざんうたがはれたあげく、どうやら一応の納得をえて、むろん必ずしも歓迎すべき医師ではないにせよ、さしあたり働き手のすくない、辺地の病院につとめることになつた。

「巨きな白い犬が水平線によこたはってじっと僕を見ている。寂しい、きびしい眼附をして視ている。あれは、たしかに犬だ。雲と言ってはいけない。／東京からスプーンがずばりと海にさしこまれ紀伊半島と四国を右はしにひっかけて先端は宮崎を載せている。そのスプーンの先端にぼくは居た。」（『茂吉の歌　私記』十二月九日）

こんなことを書きつけてゐたぼくには、自分のアイデンティティが疑はれてゐたなんていふ心配は、ほとんど無かつた。それでゐて、寒く、貧寒とした医師公舎のがらんとした中で生きて、誰一人知る人のない環境下でこれから曲りなりにも働かねばならないといふ時に、「病院は王院」といふ印象が書きとどめられる。病院は、といふより病院のはるか向うにある県といふ地方自治体、それと複合する国立大学医学部といふ「姿なきエリート」の集団が、漠然として、ぼくを恐怖させ、不可解な霧の中にあるやうな思ひへとさそつたのかも知れない。

「辞令をもらいに県庁まで行く。<中年地方小官吏><若手エリート官僚>ゴーゴリ調の人物たち。知事室の雰囲気。叙勲とやらで来ていた人たち。知事のがっしりした手と握手。曰く『まあ、がんばって下さい』。」（『茂吉の歌　私記』十二月十一日）

これでみると、ぼくのアイデンティティが確認されるまで、ほぼ一箇月かかつてゐる。早かつた、と今なら思ひたくなる位だ。ぼくはなんと楽天的な男だつたのだらう。

3

歌集『鷲卵亭』（六法出版社）は、一九七五年の春に編んだ。九州の県立病院から、豊橋市の国立病院へ転じたのは、一九七四年五月であるから、『鷲卵亭』には、九州の時を回想した作品と、愛知県（ぼくの郷里の県）へ帰つて来てからあとの現実を反映した作品とが、混在してゐる。

国立病院へ移つた時にも、アイデンティティの確認の問題は生じた。しかし、この度は、県立病院からの転出で、官公立施設間の人間の移動、うけ渡しである。身許は、公には、はつきりしてゐるのである。それに、旧制愛知一中、旧制八高以来の友人知人が、名古屋大学の医学部出身者には多勢居て、その中の有力な数人が、ぼくのたのみをきいて、病院を選んで、口をきいてくれたのであるから、国立豊橋病院への就職は、とどこほりなくすんだといつていい。だが、はたして、さういふことであらうか。すべて転職し、転住して、新しい未知の環境に生きるといふことは、やはり、つねに、見えない相手によつて、アイデンティティを問はれるといふことではないのだらうか。

『城』のKが、いくら自分が、れつきとした測量技師として、ウエストウエスト伯爵によばれて来たのだと言ひはつても、村人からは信用されないといつた状況は、いつまでたつても、ぼくら皆につきまとつてゐるのではないのだらうか。

『鶯卵亭』では、「鶯卵亭日乗」以下が、七五年の時点でまとめた、流浪以後の心境の告白である。

北方へひろがる枝のこころみをあはれみし後《のち》こころ流らふ
ゆく雲はするどき影を胎《はら》めども言葉をもちてわれは来にけり

といふ歌が、その最初のところにある。

この二首は、ぼくの記憶では、九州の遠賀病院の近くの医師公舎の庭の木を見ながら思つたことが、背景にある。「北方へひろがる枝」といふのは、ふつう南の陽に向つてひろがるべきところが南は何かにさへぎられてゐるので、北へしかひろがることができない。その「こころみ」（木の、状況打開のためにうつてゐるこころみ）に共感してゐるのであつた。

一戸建ての、海に近い村のこの公舎から、病院までは徒歩で五、六分の距離で、小川に沿つて朝夕歩いた。勤めはじめたころは、どこでもさうだが、外来診療も、患者が少ない。病室も慣れるまでは、担当する患者は多くない。院内見学とか、医局の人たちを知つて行く過程とか、七一年の春までは、手さぐりの状態が続く。こちらの性格とか、医師としての能力とかが、少しづつ測られて、向う側のデータに入つて行く過程でもある。

「ゆく雲は」は、なぜか九州の空はいつも高く青く澄んでゐたといつた印象があつたので、どうしても九州の空をこの歌の「雲」の背景に置きたいのであるが、「言葉をもちてわれは来にけり」とはなんであらう。「言葉」とはなんであらう。自分を顕はすための「言葉」なのであらうか。それとも自分を弁明するための「言葉」なのだらうか。「言葉」だけをもつて、わたくしはここへ来たのである、と堂々と言ひ切つてゐるみたいだが、「するどき影を胎めども」は、向う側の不安と疑念を示してゐるといへなくはないだらう。自分には「言葉」しかない。だから、その「言葉」を持つて来たのだ、といふ宣言だつたのかも知れない。

さだめなく気圧たゆたふ宵闇に隣りてふかき傷《きず》縫ひて居り

ぼくは外科医ではないから、「傷」を縫合する作業をすることはめつたにない。緊急を要する処置で、当直医として縫ふことは稀にある。また、死屍の解剖はしばしば行なつたから、最後に皮膚の縫合をするのは、いつものことであつたが、この歌の「ふかき傷縫ひて居り」は、死屍のそれではないだらう。

傷の縫合をする部屋のすぐ外は「宵闇」が迫つて来てゐて、折しも雨風のたえまなく変動する気象である。一体に、九州の北部は、日本海側の気象であつて、冬の季節風もつよく、寒い。「北国日和さだめなき」の、時雨模様のことが多いのである。この歌は、さういふ気象と「隣りて」――つまり、その気象をさへぎつた処置室の内では、深く内部をみせた外傷を縫ふ作業が続いてゐるといふのである。だれしも、この「ふかき傷」に、内面的な、精神上のトラウマを想ふことであらうが、そして、さう解釈するのは、当然なのであるが、一応これは、状況としては遠賀病院の外科処置室または手術室をイメージして作つたのであつたらう。

十一

篠弘と再会する

噂の大魚について

1

『田井安曇著作集』第3巻の「作家論3　岡井隆他」といふのが、先頃（一九九八年）出た。田井の筆は、ぼく（岡井）の―なんと言つたらいいか、＜仕事＞でもなく、＜人物＞でもなく、＜時代の渦中にある一人の歌人とその書いたもの＞をめぐつて、執拗に、熱をこめて、他人ごととしてではなく、あくまで田井自身の問題として書いてゐる。

特に、「再説　岡井隆」といふ、この著作集のための書き下しの四〇頁ほどの文章に対しては、ぼく自身正面から答へ――といふか感想といふか、いつかは書くつもりでゐる。

たぶん、その点を深く書いて行くと、刺し違へになるやうな人間関係といふものがあり、作品と作品の関係にまでそれは及ぶ。さういふ相手が、ぼくには何人かゐるし、今までもゐた。田井安曇は、たしかにその一人だ。

刺し違へになつてもいいから、書いてみたいと思はぬではない。さういふ危ない書きものが、嫌ひではない。近藤芳美について、塚本邦雄について、かつて、かなりきはどい接近戦をやつたことがある。しかし、近藤も塚本も、ぼくに返辞（公表された文章としての返辞）は書かなかつたし、書かないタイプの人たちである。

田井安曇は、そこが違ふ。やはり、彼の人柄もあり文学者としての態度も関係があらうが、端的に言つて、年齢が近く今までの結社内グループ内でのかかはりが格段と濃かつたことがあるだらう。「再説　岡井隆」には、返辞を書きたくなるやうな、誘引力がある。

2

一九七三年一月二十六日のことが『茂吉の歌私記　夢あるいはつゆじも抄』（創樹社）の中に日録として記載されてゐる。

「篠弘から電話があって、三年ぶりに声をきいた。二、三日前のことである。来月、熊本へ来る用があるので、その帰途、こちらへまわるから会いたいというのである。篠君のような有能な実務家が、かりにも多忙の中の一日をぼくのために割《さ》こうというのであるから、何か目的がなくてはならない。そう考えてはおかしいだろうか。旧友に会うことは嬉しいが、ぼくは、歌壇に再帰する気持は、今はもう喪っているのである。」

篠弘とは、長いつき合ひだが、特に、昭和四〇年ごろから始めた「戦後短歌史研究班」（小学館の一室を借りて、島田修二、藤田武をまじへて作つた研究会）で親交を深めた。その篠弘から、遠賀病院へ電話があつたのである。右の日録の記事が示すやうに、ぼくは久しぶりに旧友と雑談するのは愉しいが、それ以上の予想はなにも持たなかつた。もう歌を作るつもりはなかつたのである。

『茂吉の歌私記　夢あるいはつゆじも抄』は『茂吉の歌私記』とは、全く違ふトーンの本である。散漫な印象を与へる本だが、ただ一つ『つゆじも』（斎藤茂吉の、年代的には第三番目の歌集）の分析をした部分だけが、ややまとまつた研究評文になつてゐる。

ただし、今、この「回想《メモワール》」の材料としては、日記風の部分が、当時のぼくの気分を推測するのに役立つ。いやな部分ではあるが、ありありと一人の田舎勤務医で元歌人の心境を思ひ出させるのである。右の、篠弘の電話にふれた部分も、妙にそつけなく、何かを警戒してゐる感じだ。一月二十六日の日録の最後の一行は、次のやうになつてゐる。

「今夜は、春雷めいた寒雷が鳴る。全集（注『斎藤茂吉全集』のこと）のわる口を言って寝るとしよう。五日前から髭をのばしはじめた。」

思ひ出したが、髭をのばしたのは、頭を丸めるのと、そんなに変らない動機であつて、旧友篠弘に会ふといふので、一箇月髭を伸ばして、いはば変異して会ひたいと思つたに違ひないのだ。

さて、篠弘と会つて話したことの一部が雑誌「短歌」に載り、この『茂吉の歌私記　夢あるいはつゆじも抄』にも再録されてゐる。今まで、この「回想」に書いて来たことを再確認してゐるだけのことだから、不必要な引用とも思ふけれど、記録として、その頃のぼくの声として引いて置く。この時のぼくの髭面は、雑誌に載つた写真で、読者に披露された。

「要するに、いままで東京にいてマスコミにもまれていると、自分の書きたいことが何であるかということすらわからなくなることがあるでしょう。（中略）田舎で、ボンヤリ暮らしていると、やはり自分が書きたいことはこういうことなんだなということがだんだんわかってきて、それを、編集者とのおつき合いもないし、締切りも区切られてないから、ゆったり考えながら書けるという面も出てくるわけです。だから、それはプラスの面ですね。しかしマイナスの面もありますよ。そのかわり、切迫した状態で書かないから、一種の緊張感とかダイナミズムというものが自分の書いているものから消えるだろうし、アクチュアリティーというか時事性みたいなものが消える。プラスの面とマイナスの面と両方あるのです。」

かういふ証言が、多少でも引用に価するとすれば、この時点でぼくはまだ、歌を書くつもりがなかつたといふためだらう。この本は、一九七四年十一月に出版された。ぼくが『鷲卵亭』といふ歌集を出して、歌人として再出発するのは、翌一九七五年五月であつた。『鷲卵亭』の中に、髭に関する戯唄がある。

鏡像のわれの蒼さよ筑前《ちくぜん》へ来て蓄髯《ちくぜん》と誰かが言ひき

これは、同僚の医師のうちでも最年長の医師が、ぼくをからかつて言つた言葉だ。同僚のうちに女医は一人も居なかつた。

3

同じやうに、一九七一年五月二日の記事を前掲書から拾ふ。

「五月一日はメーデーだった。すっかり忘れていた。労働者。労働。いずれも、わたしの二十代の聖句だった。今は破砕されているダス・ハイリゲ（注「聖なるもの」を意味するドイツ語）」二十代の聖句「労働者。労働。」むろんこれはマルクス主義思想を奉じた自分の二十代を言つてゐる。そして、冷たく、その二十代を刺してゐる。

「昨日来た弟は、かつて、数年前まで労働運動に従事していた。今は――今でも、労働はしているのだろうが、釣とゴルフと商談を主にしている。むろん、メーデーには参加していない。その証拠に、わたしの家へ来ていた。」

弟は大学卒業後、大手の製紙会社へ入社したのだが、いつのまにか労組の専従になつてゐた。そして十数年たち、時代が変り、九州の支社へ来て普通の支社長になつた。労組の前歴がかれの人生行路を変へたといふことは充分考へられるが、そんな泣言は一つも言はないで、ぼくの病院での生活ぶりを、それとなく見に来てゐたのだらう。父母から、さう言はれて来てゐたともいへる。

ぼくは、その日、病理解剖を一件すませて帰つて来て、この日録を書いてゐた。

「カタルシスのない剖検（注、病理解剖のこと）は、後を引いていやだ。

帰って来たとき、何かつかえていて、なめらかでなかった。弟から『すすめるよ、あのことは。』と念を押すように強引に言われたときの、傷がのこっていた。

弟とは、ちょっと変だった。

或る用件で来ている人間と、その用件とはちがう話をする。双方とも避けたい話はあるのだ。

（中略）「あれはノスリかも知れんな」と弟が言う。ナチュラリスト。博物学の半日だった。庭先で弟はカラスノエンドウの実を噛んでいた。」

五月一日に、弟が車を運転してやつて来たのは、「或る用件」のためであつた。その要件とは、東京は東小金井にあつた家と土地を処分したいといふ父の要望にかかはつてゐた。その家には、ぼくの残して来た家族が棲んでゐた。（その家族を、ある時期まで、田井安曇は、その相談相手になつて支へてゐたとのちに知つた。）

前章で、ぼくは、自分のアイデンティティ（岡井隆とは何者か）を、新しい病院の同僚たちにわかつてもらふのには時間がかかり、手続きがいることを書いた。

次に出て来るのは、東京からの声である。そして、郷里に住み、東京の土地の名儀人（地主）

である父の声である。そして、弟をふくめて、他者は、まづ、かういふことを考へる。「お前さんは、一人を捨てて、他の一人を得た。そして、今の選択をゆるぎない、絶対のものと思つてゐるやうだが、それはどの程度まで、本当なのか。はつきり言つて、まだあともどりする道はないわけではない。お前さんの精算主義は、気質なんだらうが、世の中には恥をしのんででも、後戻りするケースはざらにある。詩人の純粋主義も結構だが、精算主義、純粋主義は、お前さんの単なる自己満足にすぎないのではないかね。」

かうした、世俗的な、わけ知りの言葉が、どこからともなく飛んで来る。弟は、それを代弁するには、ぼくのことを知りすぎてゐた。就職した病院が、どんな辺地にある寂しい病院かといふことも見て知つてゐた。そこでともかく、新しい出発をしようとしてゐる、兄であるぼくを、ひそかに見に来てゐる。

玄海灘沿ひの村の空を鷹がとぶ。「ノスリ」は鷹の一種である。野鳥や野草は、少年のころから、この兄弟の共通した趣味であつた。昔ばなしばかりしてゐて、容易にその先へと話がすすまない。こちらは、「或る要件」を警戒し、あちらもその要件にふれるのがむつかしい雰囲気になつてゐるのを察知してゐる。

「津屋崎まで行って九大水族館をみた。学問的な水族館だった。ハマチ。タイ。オコゼのゴリラのような顔。ヒトデがいた。先週浜でみたのと同じ色彩のヒトデ。四時半閉館のが何と四時半に入れてくれた。

それとなく会話の中で、夕方には病院へ行かなければならぬことをほのめかした。折角来てくれたのに、弟にはわるいことをした。」

この半日のことは、ぼくに奇妙に強い印象を与へて残つた。ずつと後になつて、一九八〇年に「飈《ひょう》」（山埜井喜美枝、久津晃らの同人誌）の創刊号に「噂の大魚」といふのを書いた。この連作は『人生の視える場所』といふ歌集の、第八章として挿入し、いくらかの注記をしてゐる。かういふ風に、ぼくの作品には、かなり時間がたつてから、或る材料（体験）を作品にすることがある。

福岡県遠賀郡手斧村にさらりと棲みついたあの年の初冬、虚《きょ》という大魚のうわさを聞いた。黄昏、一瞬蒼ざめんばかりの人をはげまして、

わたつみのいろこの宮に通《かよ》ふべく眼前《まなさき》のみちふかく濡れたる

ところがその道を路肩一ぱいきしませて夜目にも紅いバスが走る。猛然と震う座席に居て「虚には希《き》という伴侶がある」ともきいた。

海峡をわたりか来らむわにざめの鰭《ひれ》のさびしさは愛のさびしさ

この作品（連作）の一章は、ここまでである。謎みたいな作品であるから、今まで人の口にのぼつたり批評されたりしたことはない。最初載せた同人誌でも、妙な歌だと思つたのだらう。た

だ九州の博多から出る同人誌なので、九州ゆかりの作品を書いたといふことは察しられたらう。
この「虚」と「希」は、歔欷にかけてゐる。すすり泣きである。自注には「わが『女友達』は、あのころ、それはそれはよく泣いたので、わたしもしばしば、そのかたわらで号泣したほどであった。」とあるが、「よく泣いた」のは、他にも居たのであつて、たとへば東京にも泣く人が居て、電話では、はるかにその歔欷の声をきくことがあつた。
『鶯卵亭』の中には、次のやうな歌が残つてゐる。

泣き喚ぶ手紙を読みてのぼり来《こ》し屋上は闇さなきだに闇
子殺しにちかしとぞいふ一語をもななめ書きして手帖古《ふ》りたれ

さて、「噂の大魚」の三章は次の如くだ。

K大附属海洋生物研究所水族館は玄海灘沿岸金咲港にある。例の赤色バスはここの曲りで海に激突するためしぶしぶ終着するが、話はバスになく水族館だ、やっぱり。
病ひある魚《うろくづ》ばかりあつめたる水槽を抱く生くるに飽《あ》いて
なまぐさき土地売却のいきさつの水の館《やかた》を出でて嘆かふ
虚が行きて希が追ふあはれ交合はかくのごとくに荒くつかのま

一九七一年五月一日に行つただけでなく、あともう一、二度、弟と行つたやうに思ふが、ぼくたちは、「病ひある魚ばかりあつめたる水槽」を前にして、どうにもならない「土地売却」の——といふことは、その土地に現に住んでゐる人間の未来についてのことであるが——議論を、たぶん時として激昂しながら、やつてゐたのであつたらう。

いつのころのことだつたらう、あれは、おそらく一九七一年か七二年の冬のころだつたらう。田井安曇や故原田薫子が、いろいろと考へてくれて、私は東京へ行つて、渋谷あたりのホテルの部屋だつたかで旧家族と会つた。次の間に田井も原田も居て、わたしはただ、怒声と歔欷の嵐に、だまつて耐へてゐたやうに思ふ。その帰りに、皆で、羽田へ見送りに来た。輪になつてぼくを送るなかで、原田薫子の泣き声が、ひときは高かつたのを覚えている。その原田薫子は、一九七五年三月に肺炎で死に、ぼくは、悼歌を作つて、『鴬卵亭』に入れた。

羽田《はねだ》の寒き別れに泣きゐたるうちの一人《ひとり》ぞ永遠《とは》に喪《うしな》ふ
梅林《ばいりん》にわが居りしころ死に近く酸素挿《さ》されてあへぎけむ君
春の夜のはるけき東《ひがし》これの世を今し立ち退《の》く衣摺《きぬず》れきこゆ

十二

五年間の空白

『鶯卵亭』注のつづき

1

岩波書店の『短歌と日本人』シリーズ七巻（講座風の、もうすこし明るい感じの企画）の中の一巻のために、一九九八年の夏はストレスの連続だつた。その巻は、全部、座談会（討論）で埋めようとしてゐた。（因みに、此のシリーズの編集委員は、富岡多恵子、藤井貞和、坪内稔典、馬場あき子、佐佐木幸綱と私の六名。）

初めて会ふ人も多かった。富岡多恵子とも、此のシリーズの打合せの時に、初めて会つた。『富岡多恵子詩集』（現代詩文庫）を読む。詩人や歌人について書いた富岡さんの本を読む。「世界」に連載（とびとびの連載）が始まつた「釈迢空ノート」を読む。ついでに（「国文学」

に一文を草する約束もあつて）迢空の詩集『古代感愛集』から『現代襤褸集』まで、ゆつくりと読む。さういふ風にして相手のことを、段々に知つて行く。

小説家の三枝和子と、社会学者の見田宗介とも、このシリーズ中のわたしの担当する巻のために、会つた。準備のための予備会合ではじめて会ひ、本番の座談会で、また会ふ。その間に、この人たちの本を少しづつ読むことになる。このお二人と、歌人側は道浦母都子、三枝昻之の二人に出てもらつて、五人で、〈フェミニズムと短歌〉のテーマを中心に、現代女流歌人論を展開するといふ、当方のもくろみなのであるが、まづ、相手の考へを知らなくてはならない。さう思つてみると、果して道浦さんや三枝（昻）氏についても、はつきりと相手を認識してゐるのかと疑はれる。案外、歌人同士が相手を知らないことにも気付く。

小説家の小林恭二、詩人の北川透といふ顔ぶれに、永田和宏、小池光を加へて、〈文体といふこと〉をテーマに話し合つたのだつたが、ある程度わかつてゐるつもりの相手が、意外な側面をあらはすといふ面白さがある。かういふ討論会が、夏のはじめから五本も組まれて、それを消化して行くのだが、なにより、人と会つて、相手を理解しようとする努力、これが心身にこたへる。

一九七〇年七月に、歌壇を去つて、七五年に『鳶卵亭』を出すまでの約五年間の空白の時間について回想してゐると、一番はつきりするのは、右にのべたやうな人との接触が全くない心安さがあり、のびのびとして、しかも寂しい開放感があつたことである。

本当の姿を知りたかつたら、一度、そこから身を引いて、遠くから眺望してみるがいい、といふ言葉がある。しかし、わたしには、短歌界は見えなかつた。見る気もなかつたし、現実に、資料も届かなかつた。二度と歌人にはなるまいと思つてゐたからである。

隠遁とか、出世間とかいふのは、さういふことであらう。のちになつて再びその世界に戻つて来てからのことを考へあはせて、空白の時間を測ることはできない。

わたしは、歌壇に多くの友人知人を持ち、先輩とかライバルとかも多かつた筈である。そして、自分の意志で、そこから立ち去つたのであるから、歌壇側（友人知人側）からは、いかなる扱ひをうけようと覚悟してゐた。むしろ、そのやうな反応については、頭になかつたといふのが正直なところであつたらう。しかし、現実には、（前章にも書いたやうに）「未来」の数人の人とは、かなり私生活に近いところで、文学には直接からまない、人と人との関はりが復活して、持続した。

また、塚本邦雄からは、直接に、そして、政田岑生を介して、また、出版社を通じて、さまざまな打診があり、はげましがあり、書き下しを書け、出来たら歌を書け、歌人にかへれと言はれた。

詩の雑誌「現代詩手帖」の出版元である思潮社の小田久郎。「ユリイカ」の編集者たち。そして、村上一郎との関はりがそのままそこへ続いて行つたやうに思へる「磁場」（国文社）の編集者田村雅之といつた人達が、さまざまな企画を話しかけて来られた。

むろん、わたしは地方の勤務医の仕事に力を注ぎたいと思つてゐたし、私生活の根本のところに、絶えず不安を抱きながら、たえず絶望してゐた。

かういふ時に、「現代詩手帖」に「慰藉論覚え書」を連載したり、「ユリイカ」に吉岡実について書いたりするといふことは何であらうか。やはり、歌壇へは背を向けてゐたかつたのである。それだけ、歌壇とか「未来」とか言つた場を意識の底に、つよく温存してゐたともいへるだらう。そして、詩の雑誌に、短歌とはかかはりのないことを書くといふ形で、短歌に復讐したつもりになつてゐたのではなからうか。

2

大和書房から一九七七年四月に出版された『韻律とモチーフ』といふ本がある。その「あとがき」で、わたしは次のやうに書いた。

「五年ぐらゐ前になるだらうか、わたしがまだ九州に居たころ、大和書房の山岸久夫さんが訪ねて来た。そして、この本の企画について、博多の東中洲でめしを食ひながら（酒をのみながら）話し合つた。わたしは、ひどく気乗薄であり、山岸さんの意見は論文の選出基準についてかなりきびしいものがあつた。つまり、二人は、酒をのみめしを食ひながら、共謀してこの本の出生をはばまうとしてゐた（とおもはれるふしがある）。」

一九七七年といふと、今から約二十年前である。『鵞卵亭』を出して一年半といふところである。この年の春に、五年ぶりに歌壇の綜合誌「短歌」に「歳月」といふ作品を発表して、「岡井は歌壇に復帰した」といはれた年である。

それなのに、右の「あとがき」のそつけなさといふか、筆の遊び具合はどうだらう。

「そのころ、わたしは、誰とも会ひたくない心境だつた。とくに、旧知旧友とは会ひたくなかつた。田舎に棲んで、ひつそりと斎藤茂吉の歌を相手にひとりあそびをしてゐたかつたのである。」

「なにしろ、わたしは、そのころ、一九七〇年夏以前に自分の書いたものに対して、愛着を失つてゐた。二度と見たくなかつたのである。この本でいふと第IIのセクションに入つてゐる文章については、とくに、もう、正直なところ、どれを選びどれを捨てるべきか、自分ではわからなくなつてゐた。」

やはり『韻律とモチーフ』の「あとがき」の中の文章である。なげやりな態度を、わざと出してゐるところに、一種のポーズがある。正直な感想のやうにみえるが、未練は充分と思はせるところがある。歌を作つてゐなかつた四年半ほどの間に、散文は書いてゐた。書き下しの形で何冊も歌人論を出してゐた。つまり、隠遁でもドロップアウトでもなかつた。正確には、ドロップアウトは、七〇年の夏から冬までの数箇月にすぎなかつた。本当に文学者とか、執筆者とか、いつた場所から立ち退くつもりなら、一切、散文といへども、（日記は除くとして）書いたり、発表したりしないのが本筋である。わたしは、さうしなかつたのである。私生活上の大きな負債を負つて生きながら、片方で、文を作ることを唯一の愉しみにしてゐた。そんな風にも言へるが、これで正確なのかどうかは、わからない。

そして、『鶩卵亭』の原稿が、政田岑生の手に渡されて六法出版社から出るまでには、二人の死者の死といふ契機がからまつてゐた。一人は、母の死である。もう一つは、村上一郎の死であつた。

寒気《かんき》舌《ぜつ》垂れたる夜半に手触《たふ》れたる拇《ぼ》指頭大《しとうだい》の腫瘤かなしも
「美意識」もたゆくなるまで読みにける昏々と母病める枕辺《まくらべ》
薬摺《はず》れ雨音《あまおと》ふたたび生きて何せむと病む声は告ぐ吾《あ》もしか思ふ

この三首は、「鶩卵亭日乗」の中に、わざと入れてあるが、九州の病院の日常の歌ではなく、九州から名古屋まで行つて母を見舞つた折の歌である。『鶩卵亭』編集時では、母はまだ生きてゐたのである。

一九七三年の十一月に、名古屋空港に降り立つて、三年ぶりに母に会ふため、名古屋市の八事にあつた父母の家へ行くことにした。この三年の間に、わたしは、父母を裏切つて東京か九州へ身をかくしてゐた。手紙では何度も、あやまつたりしてゐたが、直接顔をみて、詫びを言ふのはこれがはじめてである。空港から直接母の家へ行けばいいのに、わたしは、市内から、一度、電話をかけて、母の声をきいた。「なにをしてゐるのかね、あんたは。早く、ここへ来ればいいぢやないかね」と母は言つた。わたしは、急に嬉しくなつて、恥づかしい気持をおさへて、八事へタクシーを走らせた。この時、すでに母は胃癌を病んでゐた。

『慰藉論』の「あとがき」は、母の死の直後、一九七五年八月二十六日の筆であるから、今よりもはるかに記憶の正確な記述である。

「ちやうどそのころ、郷里名古屋で母が貧血と腹痛を訴へて病臥した。わたしは、母の腹部に手をあてて、腫瘤に触れた時の驚愕と落胆の気持を、終生忘れることはできぬであらう。」（『慰藉論』の「あとがき」）

ここのところが、さきの歌の「寒気舌垂れたる夜半に」の歌に相当する。わたしは、ただ名古屋へ呼ばれたのではない。母の病状を、家族として診察し、主治医と相談して、処置について決めるために呼ばれたのであつた。「拇指」は、親指である。医学では、腫瘤だけでなく、さまざまな病変の大きさを言ふのに、指の巾とか、指の頭（尖頭）の大きさを、比喩として用ひる。「拇指頭大」は、少し現実とは違ふやうで、本当は、もう少し大きかつたやうに記憶してゐるが、

「拇指頭大」の語のひびきをこの場合、とつたのであつたらう。

「内科医になり、たまたま消化器の病理組織学を勉強したわたしは、手術によつて取り出された母の胃の病変を肉眼で見、さらに組織標本でつぶさにたしかめた。胃癌、それも漿膜にまで深達した最悪のケースである。それでも母は、主治医をはじめ多くの人の加療と看護のおかげで、術後一年八箇月生きた。そして今年（一九七五年）七月七日、梅雨明けちかい曇り日のま昼間、昏睡状態のままましづかに息をひきとつた。枕頭には、配偶である父と、子であるわたしども三人の兄弟妹だけが見まもる、ひそやかな臨終であつた。」

『慰藉論』の「あとがき」には、かう書いてある。少々、形式的で、形のととのひすぎてゐる記載だと、今からは思ふ。臨終の枕頭で、ひどくとり乱して「えい、くそっ、なんとかならんのか、隆。なんとか生きかへらせて呉れ」と母の体にすがつて叫んでゐた父の姿などは、この記述からは消えてゐる。

主治医といふのは、名古屋市内にあるHといふ個人病院で、H病院の老院長は父の中学以来の旧友であつたから、なにかと自由がきいたのであつた。名大附属病院のやうな大きな病院ではなく、個人病院へ母を入院させ、手術も（手術のために、名古屋大学の外科医が来たが）そこで行なつた。看護婦も婦長も平素から知り合ひといふ個人病院が、母には向いてゐたといふ判断であつた。

「葉摺れ雨音」の歌は、手術のあと、八事の家で療養してゐたころのことであらう。わたし自身は、九州に一九七四年四月まで勤めてゐて、その年五月に、母を見舞ふ便宜も考へて、愛知県豊橋市の国立病院へ勤務先をかへてゐた。とはいへ、勤務医である。母のそばに、ずつとゐるわけではない。この「葉摺れ雨音」の歌に限らない。歌は、ある一日のある時間のことをとりあげて、そこを集中的に歌ふのであるが、長い期間に蓄積された重層的な経験を、集約するやうに歌ふのである。この歌でいへば、庭の葉を摺つて行く雨風の音、そして、木に降る雨の音は、象徴的な景物である。たぶん夜のことであつたらう。母は、八帖ぐらゐの部屋に一人で臥つてゐて、父は隣室の、いつでも声のかけられる所に臥るのが習慣であつた。母のそばに居て、わざと、なるべく病気に関係のない話をするのであるが、母は、体の異和が、たえずどこかにある。癌の転移は、腹部全体に及んでゐて、腹水もたまりつつある。

病ひから恢復したとしたつて、「ふたたび生きて」なにをせよといふのかね。なにもすることなんかないぢやないか。

そんなことを病人は言ひ勝ちである。わざと明るさうにふるまつて、「母さん、治つたら、あれをしよう、どこへ行かう」などと言つてみたつて虚しいのである。「吾《あ》もしか思ふ」といふのは、「ああ。ぼくもその考へに賛成だよ」と言つてゐる。「ふたたび生きて」には、ドロップアウトの体験から帰つて来て「ふたたび生きて」ゐるわが身を重ね合はせて嘆いてゐる。ふかい絶望のうめきを、母と子が、別々の状況において、味はつてゐる。人間の生とは、一つの地獄をのがれたと思つたら、また別の地獄へとさしかかる。どうしてかういふことになつてゐるのだらうか。

『鷺卵亭』にすぐに続く歌集『歳月の贈物』にも「死者へ」といふ一連がある。

死にちかき黄蜂《きばち》はすでに視ざるべしなほわれは見む玻璃《はり》搔《か》きむしり
化粧《けはひ》して花に埋もれし死顔に寄りゆきて挿すいかりの菊

この二首は母の死に触発された作品である。八事の母の家では、庭からよく蜂が室内へ入つて来てゐることがあつた。学生のころから、ガラス窓にすがつてゐる黄蜂（スズメバチだつたらう）を見ることがあつた。「玻璃搔きむしり」ながらでも、わたしは、現実を見て生きねばならない。「死にちかき黄蜂」である母は、もう、なにも見えなくなつてゐるだらうが、わたしは、まだ、さうはいかないのだ。さう言つてゐるやうである。死者を羨んでゐるやうではないか。わたしの厭生観はそこまで深くなつてゐた。それなのに、母の「死顔」に寄つて行き、「いかりの菊」を挿してゐる。なにものに対するともない「いかり」が、この歌の結句の一字欠落に示されてゐるやうだ。

十三　作歌を再開する

――『鶯卵亭』注のつづき

1

一人の中年の歌人が、五年ほど歌を作るのを止めた。そして、五年ほど経つて、不意にまた作歌を再開した。そのいきさつについて書いてゐるところである

むろん、世上、作歌を長く止めてゐた人が、再び歌を作り始める例は、少くないだらう。すぐに、誰彼の名が思ひ浮かぶ。しかし、一人一人が深く事情を異にしてゐたことも、明らかで、比較して論ずることができない。

さうだからこそ、自分といふ実例にかうして二十年後に対面して、自分に自分の過去を問ひただしてゐる。

『鷺卵亭』は一九七五年に出た。この本はわりに複雑な構成をとつてゐて、分析の対象としては面白い部類に属するだらう。

まづ、この本は、一九七〇年、作歌を中断して九州へとドロップアウトする年の歌、「浪漫的断片」（二十五首）（木の追憶から雨へ」（五首）「雨の追憶から木木のみどりへ」（七首）が、本の最初に置かれてゐる。この三篇の初出について記載がない。ぼく自身はつきりとした記憶がない。いづれも雑誌に発表したものの再録であつて書き下しではないことはわかつてゐる。

一九七五年の作品だけで『鷺卵亭』を作ればいいのに、中断以前のものを、なぜここへ組み込んだのであらう。本の「あとがき」には「七〇年と七五年の作品のアマルガムである。」と言つてゐるだけで、どこまでが七〇年の作品なのか、はつきり言つてはゐない。これでは、素の読者は、惑つてしまふ。たとへば、

雨は全東北を降り覆ふとき霧ながら越ゆこころの峠
深追ひをして迷ふのを常として言ひがたく濃くみどりの一生《ひとよ》

といふやうな作品は、七〇年、つまり当時のぼくから見て、五年も昔の作品である。「なに、たつた五年」などと言ふなよ。その間に帰るあてのない九州での三年半の日々があつた。偶然、母の発病を一つの契機として、郷里の愛知県へ職を移したが、将来どうなるのか不安な毎日だつた。

不安でありながら、覚悟して刹那刹那の欲望に随順して生きてゐた。さうした。過去とは異質の時間を生きてゐたからこそ、たとへば「雨は全東北を」といつた歌は、はるかな過去の作品としか思へなかつた。「うむ、あの出奔の前の年の夏、雨の多い東北地方を旅したことがあつたが、あの時、前方不透明の霧の中を旅してゐたに外ならず、しかも、あの旅によつて、こころの峠を越えて行つたことだつた」と、今にして思ふが、まるで遠い遠い昔のやうだ、と、『鶩卵亭』を編みながら、ぼくは思つたに違ひなかつた。

「深追ひをして迷ふのを常として」といふのも、自分の愛の「深追ひ」を肯定してゐるのだつたらう。「言ひがたく濃くみどりの一生」は、さうとでも思はなければ、「深追ひ」人生、迷妄人生を生きられないではないか、といふことだつたらう。ナルシシズムではなく、やけのやんぱちの詩化だつた。

『鶩卵亭』の第二部は（さうとは明記してないが）「鶩卵亭日乗」（三十首）「戯画流行のこと」（三十七首）「西行に寄せる断章・他」（四章、三十三首と詞書風の散文詩二篇）から成る。いま算へてみると、計百首である。このうち「西行に寄せる断章・他」の「西行に寄せる断章」は、田村雅之氏の編集する「磁場」に載せたことを憶えてゐる。作つたのは七四年の暮で、雑誌は七五年春に出たのではなかつたかと思ふが、材料が手許にないので判らない。

それ以外の第二部の作は、すべてノートから作つた書き下しである。第二部の百首だけで本を作つてもよかつたが、政田岑生さんのアドヴァイスもあつて、五年前の旧作三十七首を入れたのだつただらう。

第二部の始めには、「鶩卵亭日乗」があり、

北方へひろがる枝のこころみをあはれみし後《のち》こころ流らふ
ゆく雲はするどき影を胎《はら》めども言葉をもちてわれは来にけり
玄海の春の潮《うしほ》のはぐくみしいろくづを売る声はさすらふ
ホメロスを読まばや春の潮騒のとどろく窓ゆ光あつめて

のやうな、作品がある。直観的にうけとると、斎藤茂吉ばりの声調短歌といふことになる。茂吉の歌の模写から、この中年歌人は再出発しようとしたのだな、といつた感想をとどめがたいのである。茂吉のどの歌の模写といふわけではない。「こころ流らふ」「声はさすらふ」「われは来にけり」といつた、ゆつたりとした韻律の採用が〈茂吉ぶり〉である。これは、斎藤茂吉の歌に親しんだ人なら誰でもわかるところだ。

第一部にあつた次のやうな歌の韻律との差異に、ぼく自身は敏感なのであるが、一般の読者が納得されるかどうかは判らない。

泥ふたたび水のおもてに和《な》ぐこころを迷ふなよわが特急あづさ

ばあらばらあばらぼねこそ響《な》りいづれ斎藤茂吉野坂昭如《あきゆき》
ぐにやぐにやに縒《よ》れるこころをやうやくにはがねにかへしあひてきにけり

どこが違ふのか。第一部のこれらの歌は、切迫してリズムで、意味を追はうとしてゐないか。なにかを（絶望的な気分と共に）決めようとしてゐる。そのことを口早に言はうとしてゐる。オノマトペは遊びであるが、その遊びも、せつぱつまつて発してゐる、アナーキスティックな遊びで、余裕がない。びんと緊張してゐる感じだ。

ところが、「鶯卵亭日乗」の方には、ある種のあきらめがある。「言葉をもちてわれは来にけり」と言つても、別段、その「言葉」が何なのか言ふつもりはない。また、言へるほどの「言葉」はない。「迷ふなよわが特急あづさ」といつた切迫した、手前勝手な、絶望の中から発した願望の声は、もうあとかたもないのであつた。

2

このことと『茂吉の歌私記』など、この五年間の散文作品の中で、茂吉の歌の分析に時間をつかつたこととの関連は、ないとは言へないだらう。だが、もともと、ぼくは十七歳の出発の時が、茂吉だつたのである。茂吉あるいは茂吉系の人の作品の模写から始めたのだつたから、原点へもどるといふことになると、茂吉風の声調短歌になる。土屋文明風の意味追求短歌を、その後に習得したつもりだつたが、元へ戻つて再起となると、「あはれみし後《のち》こころ流らふ」といつた調子になる。内容は、意味上は、大したことを言つてゐるわけではない。無内容（山本健吉風にいへば）といつていいほどの事物を、リズムによつて声調によつて歌に仕立てる方式である。

ところで、第二部の中の、「戯画流行のこと」の中の歌は、なんだつたのか。

月中天、水瓶《へい》に在るたしかさに救はれて越ゆ峠　水分《みづわけ》
夜つぴてす猫女のかへるまでの酒猫はなぬ去《い》ぬ鬼本能寺
昨夜《よべ》はまた贔屓筋から口封じ。薄雪や見む飲み明かしては
さなきだに雨かんむりのやまひだれさびしと言ひて泥湯《どろゆ》へくだる
武者苦瀉《むしやくしや》せる朝のいきさつは屈折しつつ午後へなだれつ

これらの歌へは、注釈をほどこしたことが今までもある。だが、もう一度、新しい眼でみてみよう。

まづ、解釈がむつかしい。はじめから解釈を拒否してゐる。はげしく拒否してゐるといふより韜晦してゐる。読者はどうでもいいのであつて、自分の中にあつた筈の「短歌的筋力」を、試しに使つてみてゐる。言葉つて、こんな風に使うんだつたよな、と一つ一つたしかめてゐるところがある。韜晦してゐるつもりはなくて、意味を最大限のところまで破壊して行つて、しかも、何

か言へないか知らと思つてゐるらしい。

たえず、あちこち、ブルーバードに乗つて仕事やゴルフや遊覧をしに出かけてゐたから、「水分峠」をどこかで越えたのである、大ていの峠は分水嶺だから、「水分」の地名はどこにだつてある。北部九州の小さな峠。それをよむのに「月中天、水瓶《へい》に在り」といつた、うろおぼえの漢詩文の文体を、いきなりもつて来てゐる。中天に月が在るたしかさ。水が水瓶に張つてあるたしかさ。一つは自然の、もう一つは人間の、天と地のごくあたり前の、凡庸なたしかさを信じてゐる。それによつて救はれてゐる日常がある。それが「鶯卵亭主人」の「日常」なのである。

猫は、九州で次々に四匹飼つてゐた。さういふ猫の屋敷に共棲してゐた。猫なのか、女なのかわからなくなる「猫女」が居り、猫も「猫女」も、時々、突如として姿をくらまして、いつ帰るともなく出かけて行くことがあつた。

思へば、共棲みは、男女の場合も、猫と人の場合も、いぶせきものである。なるほど了解のついてゐることもあるが、突然、力関係が変つて、不在の理由も、存在の理由と同じぐらゐわからなくなることがある。

ぼくは、病院から帰つて来て、猫あるいは「猫女」の不在あるいは出奔を告げられて、懐中電燈をたよりに、畑の中を、小路を、街道を、あてどなく名を呼びながら探し回つたことが、幾度もあつた。あたりは、暮れて行けば、真の闇に包まれるやうな田園地帯か、小さな町の郊外である。「猫はなぬ去ぬ鬼本能寺」とは、出まかせのことば遊びにすぎないといへばその通りであるが、「猫は、ナヌ?、去《い》ぬといふのか、それはどこへ。あの鬼のすむ本能寺か。」思ひもかけない場所として、敵は本能寺にありの故事が、ここへ、ごく通俗的な諭として出て来てゐることよりも、音韻のつながり（なぬ↓いぬ。おに↓ほんのうじ）が歌の骨子だつたのだらう。夜つぴて、猫あるいは「猫女」のかへりを待つて酒をのんでゐる中年の医師のやり切れなさが、言葉のはづみ具合にかくされてゐる。

ははは。こんな歌だつて出来るんだい。さう思つてゐたのだらう。

仕事をしてゐれば「口封じ」の伝言は、どこからでもやつて来るのは、誰でも知つての通りだ。それは大てい「贔屓筋」からやつて来る。応援してくれる人、気遣つてくれる人は、九州でも、豊橋でも、ぽつりぽつりと出て来た。事情のわからない人間関係の中へ、正体のはつきりしない男女が入つて行くのである。困つたことにぼくにはその自覚がきはめて弱くて、まあ適当にふるまつてゐることが多かつたのだが、さうすると、「ああいふことは言はない方がいいよ」といつた「口封じ」が、つよくまたはそつと告げられる。さういふ意外な場面を見て、えい飲み明かさうぢやないか。やがて静かに雪も降り出したやうだ。道にも屋根にも「薄雪」を見るあかつきまで、飲み続けるのだ。

ぼくは、東京にゐた二、三十代の二十年は、ほとんど酒はのまない性《たち》だつたが、九州へ行つて、酒を覚えたといつてよいだらう。前にも書いたが、東京でしてゐなかつたことをする。読まなかつた本を読む。さういつた反逆の気分と、新しい物事や習慣への試みといつた気分。自己流謫《るたく》にとつてこれくらゐ似合ふことはなかつたのだ。

「雨かんむりのやまひだれ」といつた言葉あそびを説明する必要はないだらう。まだ七〇年代の中葉で、かういふ遊びは、流行してゐなかつた。「戯画」としての歌を書くといふのが、ぼくのその時の、対歌壇の姿勢、いつてみれば、過去の自分への批評であつたといつていい。『鷟卵亭』は、この本のタイトルのつけ方にもあらはれてゐるやうに、「戯画」の精神によつて貫かれてゐて、その中から本音が、やむを得ずといふ顔つきであらはれる本なのであつた。

ところで、この第二部の中の、「戯画流行のこと」から「西行に寄せる断章・他」は、なんの模写だつたのだらう。

別につじつま合せで言ふわけではないが、これらは、やはり塚本邦雄の歌の模写であり、塚本邦雄への答申だつたといつていい。

一九九八年九月に、あらうことか、塚本邦雄夫人の死をきいた。ぼくは、直ぐにFAXで哀悼の手紙を送つたが、一瞬のうちに、長い長い歳月のうちの塚本氏と自分とのかかはりが、思ひ出された。夫人の葬儀に参ずるため大阪へ行つたが、ぼくにとつては、かうしたことのすべてが、儀礼を超えてゐた。ぼくが歌人であると仮りにするなら、歌人であるといふことと、塚本邦雄といふ存在とは不可分であつた。塚本邦雄の悲しみは、ぼくが歌人であるといふことと不可分の悲しみとして、ぼくのところへ来た。

『鷟卵亭』の中の、七五年の作品の中の、大きな部分に、ぼくの出発の時の斎藤茂吉の影が落ちてゐた。

それと同じ様に、塚本邦雄の『感幻楽』あたりまでの仕事が、模写の対象としてそこにあつた。よく引用される次のやうな歌も、実は「戯画流行のこと」の中にある。

原子炉の火ともしごろを魔女ひとり膝に抑へてたのしむわれは
口中に満ちし乳房もおぼろなる記憶となりて　過ぐれ諫早《いさはや》
藻類のあはきかげりもかなしかるさびしき丘を陰阜とぞ呼ぶ
薔薇抱いて湯に沈むときあふれたるかなしき音を人知るなゆめ

いづれも、他の人が引用しつつ解説して下さつてゐるのを、ぼくとしてはそのまま受け入れてゐるが、自分ではこれらを、いつも、あの九州↓豊橋のころの生活を背景としてよむのであり、「戯画流行のこと」全体の流れの中へ置いてよんでゐる。

それにしても、韻律においては、この四首でさへ、茂吉の声調を基本にしてゐる。そして、内容の遊戯の精神は、これは塚本大人《うし》の教へたまひし歌を、忠実に模してゐると思うのだが、いかがであらうか。

十四
百年の詩歌
『歳月の贈物』注

1

『前衛短歌運動の渦中で』を読んだ人が、「若いころの歌『土地よ、痛みを負え』などに対して自己評価が冷たい」といつた感想を述べてゐるのを読んだ。その通りだと思ふ。七十歳近くなつてから、自分の二十代三十代の作品を読み直すと、到らないところばかり目につく。当時の読者も若かつたのであつて、その読者たちの支持によつて、若い自分の歌が作品になつた。読者の評価によつて、自分も自信を得たのであつた。かういふことはいつの時代にも生起する。

そして、その時代が過ぎる。

さうすると、また、新しい読者の群があらはれて、新しい作家の新しい作品を評価するのだ。

その時に、古い、一時代前の作家が、すつかり忘れ去られるといふことがおきる。だが、中には、一時代前の作家が、新しい時代に自分を合はせて作風を変へるといふことも起きる。

また、前時代の価値が、永遠性を帯びたものとして（たとへ少数のファンによるとはいへ）どの時代にも強い支持を受けるといふこともある。さういふ、一見、不変の価値に奉仕してゐるやうな作家の場合でも、よく見ると、その人の作品は、時代の推移と共に、微妙に変移して行つてゐるものなのだ。

それなのに、読者の側の思ひ込みといふか、割に固定した作者像を、かつての作品への共感をもとに、造り上げてしまふことがある。さういふ読者にとつては、作家の変貌は裏切りとうけとられる。

にもかかはらず、いつの時代にも作り続けることによつて、青年から壮年へ、壮年から老年へと成熟して行く歌人像といふものは、（近代以降は特に）読者の求めるものであり、ある場合には、作家も目ざすものなのであらう。

実は（誰しもさう知つてゐるやうに）作風なんて、さう簡単に変へられるものではない。成長だの成熟だのを目指して歌は作られるものでもない。その時、その折に勢一杯の作歌をしてゐるだけである。それが、ある時間をへだてて眺めてみると、歌は世につれて変つてゐるのが解るのである。

ぼくはいま、自分がこの五十年のあひだに読んで来た、近代・現代の詩歌（近代詩、現代詩を含め、短歌・俳句、すべてのジャンルにわたる詩歌）の、読詩体験について、一冊の本を書き下さうとしてゐるのだが、さて、これをいたづらに回顧的にならないやうにして、現在の書として書かうとすると、仲々にむづかしい。

例へば、若いころに、ぼくは村野四郎の詩が好きだつた。しかし、此の三十年間位、村野四郎の噂はきかない。その代りに、西脇順三郎の名は高くなる一方である。

むろん、此の『回想《メモワール》』のどこかで書いたやうに、西脇は、ぼくの若年時の偏愛の対象であつたけれど、そして、今でもしばしば人に向かつて説くのは西脇の詩——それも『近代の寓話』までのことが多く、『*Ambarvalia*』と『旅人かへらず』が中心になる——なのである。

だが、昭和も二十年代に、西脇と並んで村野の詩はよく読まれた。ぼくもよく読んだ。ところが、「例へば」といつて、どれか挙げようとすると、忽ち、ためらつて了《しま》ふ。

塀のむこう

さよならあ　と手を振り
すぐそこの塀の角を曲つて
彼は見えなくなつたが
もう　二度と帰つてくることはあるまい

塀のむこうに何があるか
どんな世界がはじまるのか
それを知つているものは誰もないだろう
言葉もなければ　要塞もなく
墓もない
ぞつとするような　その他国の谷間から
這い上つてきたものなど誰もいない

地球はそこから
深あく虧けているのだ

よく知られた詩で、詩集『亡羊記』の中にある。最終の二行、特に「虧《か》けて」といふ漢字の印象が、この詩をうまく結び、解説してゐるやうだ。

R・M・リルケの影響は歴然としてゐる、と、リルケの翻訳詩に親しんだ詩歌好きの人なら誰でも言ふだらう。村野自身、リルケの名を詩の中でも言つてゐる。新即物主義（ノイエ・ザハリヒカイト）の詩人として、戦前に『体操詩集』で独自の詩風を確立した時から、ドイツ文学の（ドイツ語圏の文学といふべきか）影響のつよい詩人であつたが、『抽象の城』（昭和二十九年刊）の中の有名な作品「さんたんたる鮟鱇」では「へんな運命が私をみつめている　リルケ」といふ前書きを添へたりしてゐた。

村野の詩は一時期、西脇の戦後の詩と交錯したりしたが、西脇は明るく、村野は暗く、ペシミズムの匂ひが濃厚だつた。そのことは「塀のむこう」をとつてもはつきりしてゐるだらう。

「塀のむかう」とはなんだらう。単純に死の世界だととるのは容易だが、解釈が一義的にできないからこそ、これだけの行数をつひやして、詩人はこれを書いたのである。

「塀のむかう」にはなにがあるのか誰も知らない、と言ひながら「言葉もなければ　要塞もなく／墓もない／ぞつとするような　他国の谷間」だといふことは解つてゐるのである。「地球はそこから」云々といふところを見ると、人間にとつて未知な、それでゐて、ひえびえとして、こちらの関心を惹く世界でもある。「さよならあ　と手を振」つて、そこの塀の角を曲つて」消えて行く彼や彼女がたえず居る。そして、その人たちは再び帰つて来ることはない。

暗渠《あんきよ》の渦に花揉まれをり識《し》らざればつねに冷えびえと鮮《あたら》しモスクワ　　塚本邦雄

反射的に思ひ出したのは、塚本のこの歌であつた。識らないからこそ新鮮で、しかもそれは「冷えびえと」した感触だ。塚本の歌には、村野の詩にあるやうな、ことさら強調されたやうなペシミズムはない。しかし、「モスクワ」――昭和三十年代のはじめごろの日本人にとつて、謎の国であり、世界共産主義化の運動の源泉でもあり、社会主義のユートピアでもあり、スターリンの独裁する疑似的な帝国でもあつた旧ソ連の、中心的な都市――に象徴されてゐたのは、「地球」が、「そこから／深あく虧けている」やうな、未知の一地域、つまり、「塀のむこう」――普通、塀によつてへだてられた牢獄をイメージする人が多いに違ひないが――の世界だつたと考へてもわるいことはない。まだ、観光ツアーなどもできない、半ば鎖国状態で、貧困でもあつた日本には、かういふ「塀のむこう」の世界はいたるところにあつたのである。それが、人生のどこかで、連れ去られるやうにして「さよならあ　と手を振り」消えてゆく死の国のイメージと重ね合はされる。

塚本の手法は、そこに、不可視の「暗渠の渦」にもまれる「花」を配することによつて、暴力の中にまきこまれた美しいものをきは立たせてゐる。「鮮し」といふ断定もあはせて、ここには、疑惑はあり批判はあつても、ペシミズムの暗さはない。それが、作品を創りつつ戦争を通過して来た村野と、戦後歌人である塚本との差違である。（村野は一九〇一年生。一九二二年生の塚本とでは二十一歳のへだたりがある。）

2

ところで、最初の話に戻るが、今現在の読者に向かつて、近・現代の百年の詩歌を説くことはできるであらうか。その歴史的、文学史的意義について説くことはできるだらう。だが、今現在の人が、知識としてではなく、心に届く詩歌としてそれを受けとるのは、仲々に困難なのではあるまいか。

現に、いま村野四郎の一篇の詩、塚本邦雄の一首の歌を説くためにも、多くの枚数をつかつて苦労してゐる。また、日を変へて説けば、違つた書き方もあらうかと思ふが、詩歌が、それを産み出した時代を背負つてゐることを、なまやさしいことと思はぬ方がよいのである。世間周知の名歌のたぐひは、案外、約束ごととして、普遍性をえた歌のやうに人々の手から手へ手渡されてゐるが、背景としての時代といふ前提条件をはづしてしまふと、古典の名歌と同じ位、難解となり、直接性を失つてしまふのではないだらうか。

ぼく自身の作品は、『鷺卵亭』以後、一九七五年あたりを境にして、作風がかはつたといはれてゐる。さう思ふ人は、七〇年代といふ時代が、それまでの、いかにも「戦後」らしい時代とは変つてしまつてゐたことに、注目しない。時代が変つたから詩歌が変つたことを、仲々みとめようとしないのである。

さまよへるまひるのゆめもあはれまむあめのむら雲蒼空《あをぞら》を食む
あやとりのやうにこころをからませて一組のこの男女は沈む
あまつさへしかるにしかしのみならずいはばいくらか母をあざむく
さりとてもさらばはてさてひとしきりじじつしんじつ吾《あ》を見うしなふ

『歳月の贈物』

つめたさも此処までくれば射《さ》しこみてすがしと言はむ月光の父

『鷲卵亭』を出して、それ以前（作歌中断以前）とは、すこし違ふところへ足を踏み込んだ、そのほんの走りのころの歌である。ぼくは四十代の終りにさしかかつてゐた。

「妙に力むことをしない、かといつて、見ぐるしいほど弛緩してもゐない、さういつた作品をこころがけて、ここ数年をすごした」と、この歌集の「あとがき」で言つてゐた。

ここには、五つほど挙げてみたが、最初の一首は、「まひる」「あはれまむ」「あめ」「むら」「あをぞら」「はむ」のやうなア母音をかさねたり「ゆめ」と「あめ」を対応させたりしてゐる歌で、内容としてはほとんど何もないといつた作品である。かういふ作品は、『天河庭園集』（中断以前の作品集）の中の、

カラマゾフィシチナ恋ほしも　恋ほしきに魂に霜降りてか　ララム
しりぞきてゆく幻の軍団は　ラムラム、ララム　だむだむ、ララム

のやうな歌と一筋につながつてゐるかにみえる。そして、比較的近作としては、一九九三年の、

叱つ叱つしゆつしゆつしゆわはらむまでしゆわはろむ失語の人よしゆわひるなゆめ

『神の仕事場』

のやうな作品とも、つながつてゐるともいへる。もう、かういふのは試行のなんのといふより一つの癖のやうなものともいへるし、これらの歌では「むら雲蒼空を食む」とか「この男女は沈む」とか「母をあざむく」とか「吾を見うしなふ」とか「月光の父」とかいつた、からうじて意味をもつ、短い句を、より効果的にメッセージとして発効させるために、それ以外の部分の措辞《そじ》が置かれてゐるといつてもいいのである。「失語の人よ」が、右の近作ではたしてゐるのもさういふ役割りなのである。

「あまつさへ」と「しかるに」と「しかのみならず」と「いはば」とは、みな別の働きをしてゐる副詞句（?）である。「あまつさへ（その上に、おまけに）」と言つて置いて、「しかるに（それなのに）」とつなげることは、普通ありえない。更に「しかるに」の次に「しかし」をもつてくるのも、いかにも無理である。言ひ直しを重ね言ひ直しによつて、言ひよどんでゐる感じをあらはしてゐるのだと、やつと言ひわけ出来るやうな叙法である。「いくらか」とことがらを更にあいまいにさせて置いて「母をあざむく」といふ。これは、母が死んだあとのたくさんの挽歌の中の一つであるから、生前の母に対して、その病状について、そして、自分の私的な状況を報告するに当つても、「あざむく」ことが多かつたことを言つてゐるのである。

「さりとても」の一首も、同様であるが、この場合は、「さりとても」も「さらば」も「さりとて」「ひとしきり」「じじつしんじつ」も、皆、同型のことばが続いてゐる。だから、一つでもいいのに、それを重ねて、三十一文字を作つてゐる。かういふのは、定型詩の音数律の不自由さを逆用して、ただ一つのこと「吾《あ》を見うしなふ」だけを、言はうとしてゐるとも見られる。

母は、一人の味方のやうでもあり、また、父の言ふなりになる女であつたから、ぼくの近年の行状については、許容できない気持をもつてゐた。だから、ぼくのそのころの共棲者とも、つひに一度も会はうとしなかつた。そのくせ、母親の気づかひもいろいろな所で見せてゐたのであつた。ぼくは、母の晩年の二年ほど、豊橋市の国立病院の官舎から、名古屋へ出かけて行き、母を見舞つたり、入院につきそつて、母の手術に立ち会つたりしたのであつたが、結局、父も母も、ぼくの行状については、女のことで二度三度とくりかへされる裏切りをみると、もう知らないよといふほかなかつたのだらう。「月光の父」などといつて、その冷たさを歎いてみたところでどうなるものでもなかつた。これらの歌集は、すべて、父母に送つてゐたから、たぶん、ぼくの書くものは大てい目を通してゐた父は、ぼくの歎きを知つてゐたと思ふが、もう、当時のぼくの家族には、会はうとはしなかつた。そして母の死から、父の死までの五年がすぎるのである。

ぼくは昭和五十年一月より八年の間「読売新聞」の短歌時評を担当した。友人島田修二の推挽によるもので、かれはぼくを、この仕事で一気に、短歌界へと再び、連れ込んだのであつた。この時評は『時の峡間』（雁書館）に、最初の三年分が集められてゐる。当時の新人たちの歌をよむことが、ぼくの作歌を刺激したことは、もう間違ひのないところである。『歳月の贈物』から『マニエリスムの旅』への移行は、歌壇の作品に接することによって、よりスムースに行なはれたのだ。

十五　山口誓子の「年譜」

『歳月の贈物』注のつづき

1

「国立豊橋病院へ勤務先を転じたのは、一九七四年五月であつた。」これが「年譜」のたぐひの伝へる記載である。かういふ記載は、短いだけに、わかり易いのだが、本当はなにも言つてゐないに近い。

この男は、なぜ福岡県立遠賀病院をやめて国立豊橋病院へ来たのか。その動機はなにか。表面的な動機のうら側に流れてゐた本当の動機といふものがあつた筈だが、それはなにか。自筆の年譜といふものがあるが、当の本人に、さうした動機について語る条件（資格）はあるのか。総じて、＜自伝＞とは、なんなのだらう。

ぼくは、たくさんの詩人・歌人・俳人の本を鞄に詰めて、あちこち移動しながら、読んだり書いたりしてゐる。さうすると、作品と一緒に、短い「著者紹介」のやうなものを必ず読む。解説者の解説にも、著者の経歴にふれてあるところがあるので、それも読む。そして、一応納得して、その知識をもとにして詩歌を読む。

山口誓子といふ俳人は、ぼくの常に変らぬ関心の的であつた。そこで、昭和二十七年初版の出た角川文庫本――この本でぼくは誓子の作品のただならぬ魅力に初めて触れたのだが――の「年譜」を読むと、この「年譜」はどこにもさうとは誌してないが、どうも自筆年譜らしく思はれる。それは、次のやうな記載からもうかがへる。

「明治三十四年（一歳）

十一月三日京都市上京区岡崎町字福ノ山百十番地に生れた。本名、新比古《ちかひこ》。父新介は電気技師であつた。鹿児島県始良郡国分村出身。母は岑子《みねこ》。外祖父、氷山脇田嘉一は大和郡山藩士。外祖母富江は同藩の家老翠山織田行忠の女であつた。詩歌愛好の血は翠山・氷山・岑子を経て母系から伝はつたといへる。」

まづは、難のない「年譜」の書き出しだといつてよい。ここまで詳細に父母、祖父母について書けるのは、本人だけだらう。このころ、誓子高名なりといへども、まだ五十歳そこそこで、専任の伝記作家をもつて任ずる弟子が居たとは推測しがたい。

かりに自筆だと考へて、話をすすめる。すると、これだけの記載の中にも、不思議な筆の偏向が認められる。誓子は、父系については父の職業と、鹿児島県の国分村出身だとだけ言つてゐる。母系については、はるかに詳しく書いてゐる。それは「詩歌愛好の血」が「母系から伝はつた」と思つてゐたからであらうか。そんなことはないだらう。このころの誓子は、父系を否定し、母系を深く肯定したい気持になつてゐたに違ひない。母は士族の出であつたが、父は鹿児島県の農民または郷士の出だつたといふことかも知れないが、父の身分については全く書かれてゐない。これには、書きたくなかつた理由があるに違ひないが、誓子は書かない。

人は、書きたくないことは書かないのである。書かうとしても書けないことがあり、読者を想定する時、書かなくていいことは書くまいとする。書くことへの禁忌の感情にとらはれながら、人は自伝を書き、自筆年譜を書くのである。

（ぼく自身、「自筆年譜」としては、一九八七年に『岡井隆全歌集　II』（思潮社）にかなり詳細なものを書いたが、やはり、書きたくないことは、さまざまな場面で、省略したり曲筆したりしたのであつた。）

誓子の「年譜」のおもしろさは、このすぐあとに、突然、全く理由を言ふことなく、次のやうに誌す点にある。

「明治四十二年（九歳）
初冬、外祖父と共に東京府豊多摩郡千駄ケ谷村に移る。本郷真砂小学校に通ふ。」

この年齢の算へ方は、この手の「年譜」によくあるやうに、算へ年である。さて誓子はなぜ、父母の許を去つて、外祖父脇田嘉一と共に東京へ行つたのだらう。「詩歌愛好の血」などに触れて感想を述べるぐらゐなら、この間の家庭的な状況について、簡単にでもいいから書いて置いてくれてもいいではないか。父親が転勤したわけではない。母方の祖父（おそらく祖母も）と一緒に、京都から上京したのである。「初冬」といふのは十二月初めであらうか。転校するのに適当な時期とも思へない。氷山脇田嘉一は、明治維新以後、どんな職業についてゐたのだらう。孫の新氏古をつれて（おそらく大和郡山から）上京したのには、どんな理由《わけ》があつたのだらう。

「年譜」によると、山口新比古少年は、翌四十三年「東京市麻布区天現寺」に移住してをり、四十四年芝区新堀に移転してゐる。このあたりも外祖父母と共に移つたのだらうが、特になんの注記もない。そして、明治四十四年には、ちよつと目をそばだたせるやうな記事が出て来る。それが俳人誓子の作品と関係してくるのだから「年譜」といへども油断はならない。

たとえば、一九九八年「邑書林句集文庫」の一冊として出た『激浪』（誓子の第五句集）の略歴（文庫本を創つた書店側で書いたもの）では「一九〇一年京都市岡崎生まれ。本名新比古。少年時代一時樺太に住んだ後、京都に戻り、一中、三高へ進学。」と書く。この、誓子を知る者なら誰でも知る、誓子と樺太との縁は、誓子第一句集として著名な『凍港』（冬季凍結してしまふ港を意味するタイトル）に出てゐる。樺太へは、なぜ行つたのかといへば、さきの「年譜」（自筆である可能性がつよい）の明治四十四年のところに出、さらに四十五年、大正三年、大正四年のところにも出て来る。

「外祖父は樺太日日新聞社長として招聘せられて渡航した。六月母岑子は大阪府下佐野に於いて永眠した。母を失つた妹等は父と共に上京。妹、鶴子は後に下田家の養女となつた。

明治四十五年（十二歳）

七月、外祖父に迎へられ樺太に渡航、庁立豊原尋常高等小学校に転入学した。

大正三年（十四歳）

庁立大泊中学校に入り、寄宿舎に起居した。校長は漱石の友太田達人であつた。この頃から定型俳句を愛好し、国語教師兼舎監、永井鉄平に教へを受けた。二年上級に松原地蔵尊が居た。一年上級の三井陽から文学的感化を享けた。」

ここまで来ると、俳句が匂つて来る。だが、太田達人、永井鉄平、松原地蔵尊、三井陽といつた、後に名を知られたか否かは別として、新比古の文学好きを養つたとみられる人物たちは、「年譜」執筆者（誓子自身も参加してゐる）によつて選ばれたもので、偶然がもたらした幸運な出会ひともいへるが、ひよつとすると、明治四十五年、つまり、日露戦争後七年といふ時期に、戦勝によつて得た新しい植民地樺太といふ土地に入植した日本人たちの気風とか、心意気とか苦闘とかいつたことと無関係ではなかつたのかも知れない。とすれば、新比古少年は、どんな理由かわからぬが、父母の家庭に居ることが出来なくて東京へ行き祖父母と住んだ箅へ年九歳の時に、すでに、樺太行きの運命に、摑まれてゐたのである。当然、なぜ、父母と離れたのか一言ぐらゐ書いて呉れてもいいではないかと、読者としては、言ひたくなる。

さて、もう一つショッキングな記事は母岑子の死と、それにともなふ父や妹たちの上京であり、父や妹の上京にもかかはらず、新比古は、その翌年、外祖父の赴任地樺太へ移住してしまつたことである。

ぼくは、かつて誓子の経歴をしらべたことがある。その時に、誓子自筆の自伝風の文章（いくつもある）を読んだことがあつた。ぼくの書いた俳句俳人論で唯一つ少し長いまとまつたものに「誓子論序説」があり、それは昭和四十年代のはじめ、ぼくの三十代の終りごろ、当時高柳重信の編集してゐた雑誌（俳句研究）に載せた。しかし、その頃は誓子の作品を分析するのに熱心ではあつたが、誓子の経歴はどうでもよいと思つてゐた。誓子の書いた自伝的な散文を読んだのは、（いまこの回想《メモワール》がさしかかつてゐる）一九七〇年代のことで、「短歌研究」に連載中だつた「前衛短歌の問題」の中で、茂吉論がらみで山口誓子をとり上げて書いた時のことであつた。

誓子の自伝によると、母岑子の死は、自殺であつた。しかし、文庫本の「年譜」にはそのことは明らかにされてゐない。ただ、京都の父の家ではなく「大阪府下佐野に於いて」と、わざと場所を明記してあつて「永眠した」とあるのみである。実家なら大和郡山にあつた筈だが、岑子にとつて父母にあたる脇田嘉一夫妻はすでに上京し、さらに樺太へ出発してゐる。誓子は、昭和二十七年の「年譜」においては、母の死因には触れることができなかつた。誓子は、書きたくなかつたのであつたらう。また、祖父母のもとに身を寄せた理由についても書かなかつた。

自伝とか回想記とか自筆年譜では、書けないこと、書きたくないことがあり、そこは暗示的にしか書けないことを言ひながら、誓子論に深入りしさうになつたが、ここでは、『凍港』の中の樺太回想の作品だけを挙げて置く。注意すべきは、北国が、まるで眼前にあるやうに明瞭に想起されて、作品の中に入つてゐることである。

どんよりと利尻の富士や鰊群来《くき》　大13
氷海や船客すでに橇の客　大14
本船へ氷上暮れて往来《ゆきき》なく
流氷や宗谷の門波《となみ》荒れやまず　大15
唐太《からふと》の天ぞ垂れたり鰊群来
郭公や韃靼の日の没《い》るなべに

2

ぼくの母は昭和五十年（一九七五年）に胃癌で死んだ。七十九歳であつた。病死であつて自死では、むろん無い。だが、母が生涯に自死を思はなかつたかといふと、思つたことはあつた。一時期、ぼくがまだ二十代のころ、父は母の周辺から、自死の手段になりさうな刃物類を一切遠ざけたことがあつた。
しかし、母は、六十歳をすぎてからは、よほど落ち着いて来て、自死のおそれはもうなくなつてゐた。ただ、父に対する不信感は、終生つよく残つてゐた。それは父の女性関係のことが原因らしいと、ぼくにもいつの間にかぼんやりとわかつて来た。しかし、ぼくは、その根拠となる事実については、なにも知らなかつた。

狂はむばかり蟬を怒りて母ありきするどき人は死にゆきにけり
オリーヴの沈む器《うつは》を打ち合ひてわれらはたのし母死にゆけど
こことい ふ選びをつねにあやまりて夢のごとくにたのしかりける
ひねもすを乾かざる枝さしかはし組みかはしつつ春の木われは

『歳月の贈物』の中に入つてゐる「歳月」といふ連作の中から、こんな歌を拾ふことができる。この連作は、ぼくが、七年ぶりに「短歌」に発表した作品で、歌界復帰の第一作といはれたが、その前に歌集『鷲卵亭』もあり、歌壇ジャーナリズム以外のところには作品を発表しはじめてゐたのだから、正確には第一作ではない。だが、昔なつかしい「短歌」に出すといふので、ちよつと愉しく興奮して作つたことはたしかで、今みても、この一連は、それ以後のぼくの作品の予兆のやうな性格をもつてゐた。

「狂はむばかり」といふ歌は、まづ、このぐらゐの程度にしか、母を伝へることができなかつたといふ歌である。母が、夏蟬のやかましさを怒つて大声を出したのは、いつのことだつたらう。ぼくらの驚くやうな大声で、ぼくは怖れを抱いた。しかし、母にそんなことを言つたわけではない。母が父に不信感を抱いて生きてゐたやうに、子供たちは、つねに危いところのある器を、そつと扱ふやうにして母に接してゐた。ぼくの歌には、母が比較的多く出てくるし、その母の像が奇妙に甘いといふ批評をうけたりしたが、たぶんさうした怖れの感情があつてのことだらう。それとぼくの歌は、父も母も、大体のところ読んでゐたから、発表の折には、必ず父母の眼を意識してゐたのである。

母の死後、あるいは母の入院中、ぼくと弟は父と夕食を共にした。三人の男だけの夕食である。父の家では、家政婦が食事を作つた。父は、ドライ・マーティニが好きで自分でそれを作つては、ぼくらにも飲ませた。「オリーヴの沈む器」は、酒の底にオリーヴが沈んでゐるところで、いつも、父が瓶からとつて入れてくれた。さういふ時父はとても愉しさうで、ぼくら三人は、母のこと母の死のことを忘れようとしてゐた。生者は死者のことや死なうとしてゐる者のことを忘却することによつてしか愉しくなれない。人間とはさういふものだと、この歌は言つてゐるみたいだ。ぼくは、晢子が、母岑子の孤独をよく知つてゐて、そのことが父への尖つた思ひを伴つてゐたのではないかと、ここで不意に思ひつくのである。晢子の文学の底には、晢子の母の死が沈んでゐる。

「ことといふ選びをつねにあやまちて」などと、よく言へたものだと今では思ふ。人生は、理想の状態を考へて比較すれば、すべて選択をあやまつた結果だといへるし、今さらさう言つても仕方がない。「夢のごとくにたのしかりける」のニヒリズムは、ぼくが変な境界へ陥つたとき、いつも救ひのやうに思ひ出すニヒリズムで、この性癖は、いまもかはらない。とはいへ、七十歳の今では「夢のごとくにたのしかりける」などと、ぬけぬけと言ふわけにはいかない。もう、ぼくには選びをあやまつてもいい余裕などないのである。

「歳月」のころはまだ、「春の木われは」とひそかに呟いてみせるだけの〈若さ〉があつた。それに、豊橋の国立病院を選んだことを「あやまち」とは思つてゐなかつたのである。父母の家から適当に離れてゐて、しかも、母の病気を見守るには、さして遠くはない。愛知県は、名古屋生まれのぼくには郷里の県だと思つてゐた。しかし、豊橋の病院を選んだのは、それだけが理由だつたらうか。

今にして思へば、この時の選択にも、あの奇妙な運命といふ奴の力が働いてゐたやうな気がする。書きたくないやうな事実はないのだが、ぼくにもわからないぼくの性癖——母系の性癖が、ここに働いてゐたやうな気がする。

十六　回想のあいまいさについて

——香川進・小野茂樹・滝沢亘

1

香川進氏が亡くなられて、ぼくは一時期、香川氏を憎み、香川氏と対立してものを書いたことを思ひ出した。昭和三十年代の終りから四十年代の始めのころ、いはゆる〈前衛狩り〉の行なはれた時のことだ。香川氏は雑誌「短歌」の編集者を、冨士田元彦から、門下の石本隆一、さらに片山貞美へと変へるに当つて、大きな力をふるつたと言はれてゐた。

ただし、ぼくは、冨士田編集の後期については、当時から批判的だつたし、はらはらしながら見てゐたのも事実で、また、他方、深作光貞（「律」「ジュルナール律」の編集者乃至プロデューサー）とは、決定的に合はなかつたから、とてもやりにくかつた時期であつた。この「回想《メモワール》」でいふと『前衛短歌運動の渦中で』の最後のころに当る。ちよつと後もどりして補充するつもりで書いてゐるのである。

文学運動が四分五裂する時といふのは、必ず内部に亀裂が入るので、同志とみられた仲間が、さうでなくなるのである。だから、あの〈前衛狩り〉(ジャーナリズムから注文が来なくなり、反前衛短歌の論調が、各誌にのり続けることによつて象徴された。)の時だつて、前衛短歌側にも、それなりの問題が生じてゐたのであつて、外側からばかりそれを見るのは間違つてゐた。ただ、「短歌」や「短歌研究」(当時はこの二誌だけだつた)の編集者が変り、編集方針が一八〇度変るといふのは、これまた、現代では見られない、離れ技であつた。

ぼくは、「未来」に短文を書き、「香川進氏へ」といふ矢を放つたことがある。文学論の形をとつてゐたが、内容は、ジャーナリズム批判であつた。香川進は一九一〇年生まれで、ぼくの師匠筋の近藤芳美と親しく、近藤より年長で、ぼくからすれば、歌壇の先輩である。その香川への批判を、近藤が発行人になつてゐる「未来」に書いたのであるから奇妙なものである。言ひ忘れたが、「ジュルナール律」の編集人深作光貞も、もとはといへば香川進門下である。その深作とは、「フェスティバル律」とか、アンソロジー『現代短歌'66』『律'66』などを通じて、ぼくは協力者の一人としてつき合ひながら、さまざまの場面でお互ひに異和感を感じてゐたのであつた。

かうした人間関係は、もう本人たち同士でないとわからない。その深作は、なにも書かないいま死んでしまつた。不思議な縁で、ぼくは、その深作光貞がかつて学長をしたことがある京都精華大学（ただし、深作の学長時代は、短大だつたころのこと）に、のちになつて（一九八九年に）就職し、当時は教授だつた深作と同僚になつたのである。

そして香川氏も亡くなられた。ぼくは、香川進を憎んだと書いたが、その人物の人柄は好きだつたので、あくまで公的な立場で、ジャーナリズムの黒幕としての香川批判をやつたのである。

これは、もう、ずつと以前、昭和三十年代の半ば、たぶん、前衛短歌運動のはなやかな頂上期だと思ふが、よばれて香川邸へ行つたことがあつた。香川さんは、聞き書きをまじへた現代歌人論を書いてをられた。その歌人論の中へ、岡井隆論も入れてやらうといふことだつた。香川氏は、いつも微薫を帯びてをられた。その時も、ろくに酒ののめなかつた若造のぼくに、酒をふるまはれたやうに思ふ。がらんとして広い家であつた。香川門下の人が二、三人側に居られた。香川氏、五十代のはじめ、ぼくは三十代のはじめ、氏とぼくは十八歳の差がある。その時のことで覚えてゐるのは、「生の哲学」について話され、ぼくの意見を徴されたことだ。ベルグソンとジンメルが話題に上つた筈である。それと、「あなたは、土屋文明系だけれど、ほんとは北原白秋なんかが好きぢやないのか」と問はれたことである。さうだ、と答へたら、いかにもわが意を得たといふ顔をされた。

もう一つ香川氏で忘れられないのは、『眼底紀行』（ぼくの第四歌集）の出版記念会の時のことだ。この歌集が出たのは、昭和四十二年だから、ぼくの一番苦しかつたころであつた。この本は、歌壇の関係の出版社ではなく、詩の出版社として知られる思潮社から出たといふ点でも異色だつた。おそらく四十二年の暮れだつたらうが、出版記念会が開かれて、二、三十人ほどの、今でいふ批評会タイプの小集会だつたが、二次会の時に、香川氏があらはれたのであつて、わたしは、一種以外の感に打たれた。香川氏は、二次会の費用を、あつといふ間に全部負担されて、実業家だからあたり前なのだが、そのさりげない手際といふか、ぼくはおどろいてしまつたのであつた。

書きながら思ひだしてゐるのだが、小野茂樹のことがある。小野君は、いふまでもなく香川さんの愛弟子であつた。小野の歌集『羊雲離散』は、昭和四十三年に出て、ぼくはその批評を「地中海」に書き、また、出版記念会でしやべつたことがある。しやべつた内容の方が、「地中海」に書いた文章よりも、真実のことを言つてゐた、と言つて香川さんは、ぼくを、半ば諧謔をこめて、責めた。小野茂樹は、夭折するまで、ぼくらの研究集団「定型詩の会」のメンバーであつた。ぼくは小野の事故死のあと、葬儀に出かけて、その場で、香川進が、泣きながら弔辞をよんだ、あの声音を、いまでもありありと思ひ出すことができる。ぼくは、あのお葬式のとき、私的な理由から、すつかりまゐつてしまつてゐて、その心理的反動から、髯をばうばうとはやしてゐた。白玉書房の故鎌田敬止さんが「みつともないから、早く剃れ」と忠告した髯であつた。もつとも、鎌田さんは、すぐそのあとで、はがきを呉れて、「あの時は、ああいつたが、髯は剃るには及ばない」と言つて来た。

ぼくのやうに、香川進と個人的なつき合ひのなかつた人間でも、この程度の回想は出来る。それ位、香川進といふ人は、歌壇の実力者であつて、人柄と行動において、目立つ人であつた。では、作品はといへば、いつも『氷原』のなかの、

花もてる夏樹の上をああ「時」がじいんじいんと過ぎてゆくなり

がとり上げられるばかりである。香川が、口語自由律から、文語定型短歌へと行く筋道とか、ぼくが先に言つたやうに、この実業家歌人には、ディルタイの「生の哲学」に感応するところがあつて、つまり、日本の近代でも特異な時代といへる一九二〇年代から三〇年代にかけての時代に青春をおくつた人独特の思想形成があつたことなどには、誰もふれたがらない。ぼくは、ぼくのかつての宿敵（向うからは歯牙にも挂《か》けてをられなかつたに違いないだらうが）香川進に対して、かつて蟷螂の斧を、ジャーナリズムの黒幕香川進に対してかざしたことのある一人として、これだけのことは書いて置きたかつたのである。つまり、香川進の作家としての経路には、日本近代の詩の口語化運動（言文一致体への希求）の一こまとして、見逃してはならない問題があるといふことなのであつて、「じいんじいんと」の歌でも、「時」に「　」がついてゐるのはどうしてなのか、その辺りにも、香川氏の哲学への親近があつたと思へてならないのである。

2

ぼくの記憶が、あいまいなのは、昭和三十年代後半からの十年ほどに、あちこちに書いた文章が（たとへば今言つた「地中海」に書いた小野茂樹論）ほとんど、歌論集からこぼれ落ちてしまつてゐるからでもある。

最近でいふと、「Q」といふ雑誌に、高山安雄が「わが師　滝沢亘のこと」を連載してゐるが、その第三回が「Q」19号にのつてゐる。その中に、次のやうなくだりがある。

「金井氏（注、金井秋彦のこと）は昭和四十一年六月十五日（滝沢亘死後二ケ月目）私学会館の「滝沢亘を悼む会」に出席されている。この会は岡井隆氏が中心になって開催された会であり、出席者は藤田武、武川忠一、河野愛子、高橋幸子、松本千代二、高尾ひかり、北沢郁子、冨士田元彦、水野昌雄、安部（阿部のことだらう）正路、金井秋彦、川口美根子、岡井隆、篠弘、筑波杏明、柴田タエコ、吉田漱、橋本宏江（滝沢亘実妹）の諸氏と日本抒情派の及川公世、村越孝子と私の計二十一名であった。当日の会の概略を吉田漱氏が書き、特集号（注、「未来」昭和四十一年八月号の滝沢亘追悼特集のこと）に掲載されている。」

ぼくは、全く、おどろいてしまふ。ほんとか、と思ふが、これはほんとなので、ぼくの記憶から完全に脱落してゐるのは、それなりに深層心理学的には、意味があるのだらう。ここに、出席者の人名を、全部あげたのは、これは当時の、前衛短歌またはその同行者の残党が大部分で、我妻泰（田井安曇）の名がみえないのは、なにかの偶然なのだらう、といつたことを示したかつたからだ。当時、滝沢は、前衛短歌の側の人ではなかつたにもかかはらず、小野昌繁編集の「短歌研究」（前衛を排除したジャーナリズムである。その黒幕の一人として木俣修が居たのである。）から排除され、「短歌研究」と（多分に、滝沢の誤解から生まれたものだつたとはいえ）争つてゐたといふ点で、微妙に、反体制の人物と目されてゐたのだつた。

高山安雄は、「Q」の文章で、また、次のやうにも言つてゐる。

「またこの特集号には塚本邦雄、菱川善夫、藤田武、篠弘、水野昌雄の諸氏が健筆をふるっている。岡井氏の編集後記には「滝沢はわが『未来』と親しかつたとはいえ会員でもなんでもない。そういう人のために追悼号を編むのは全く異例に属しよう。しかも滝沢の死を悼む企てをしそうな集団は『地平線』を除けばおそらく皆無なのである。そのような状況下にあって多くの寄稿を得たことを恭くおもう。諸友よ、ありがとう。」と記されており当時の厳しい状況にあって党派性を超えた、岡井氏の追悼会の開催や特集号の発行にはただただ感謝のほかない。」

ぼくは、手許に古い「未来」がないこともあつて、この特集号のことも、すつかり忘れてしまつてゐた。ぼくが、「党派性」といふよりも結社性といふのを嫌ふのは、今に始まつたことではなかつた。あのころの「未来」で、他結社の人まで入れて、アンソロジーを組んだこともある。その方針は、ずつと近年になつて加藤治郎が踏襲して、「ネクサス」といふ編集ものを「未来」で実現したりした。現代でも、結社の自閉性はつよまる一方で、結社外の人をあつめてアンソロジーを組むとか、シンポジウムをやつて報告するといふことは、ほとんど考へられないが、それはいつの時代だつてさうだ。それをするのは、いつだつて、時代の思潮に反抗して成されるのである。現代において、どの結社にも属さない一匹狼の滝沢亘のやうな人の追悼会およびその特集を、かかはりのない一結社が組むことは、考へられないであらう。だが、さういふ方向の編集は、ジャーナリズムが多様化したからといつて、必要でないことはない。今だからこそ、結社を超えて、結社を横断するやうな集会がもたれるべきだと思ふし、結社誌の中で、結社を超えたテーマの特集が、超結社のメンバーによつて行なはれる必要があるだらう。その時に、昭和四十一年の「未来」がさうだつたやうに、内部からの反撥は必死であらう。ぼくのあの号の編集後記は、つねに、内部に向けて、「未来」会員に向けての挑戦状でもあつた筈で、にもかかはらず、あの追悼会のメンバーをみてもわかる通り、金井秋彦、吉田漱、川口美根子、河野愛子をはじめ、「未来」の有力な会員は、ぼくに理解を示してくれてゐたのである。

ぼくのこの「回想」は七〇年代に入つてゐて、大体、八〇年、八一年を境にして終る予定なのだが、いまも言つたやうに、滝沢亘追悼会一つとつても、その記憶が、見事に脱落してゐるといつた塩梅であつて、いかにも、記憶してゐることだけをつなぎ合はせて書いてゐるこころもとなさがある。

多分、思ひ出したくないから、記憶から落ちてしまふのだ、といふ風にも考へられる。滝沢とぼくは、ほんとに不思議な縁でつながつてゐて、どこか永遠のライバルつていふ感じだ。これは塚本邦雄とぼくがライバルつていふのとは、いささかニュアンスに違ひがある。滝沢は、白秋系の出身といつても、やはり、伝統短歌の系列で、伝統派は、もとよりあのころ、写実主義の色彩をおびてゐたのであり、病歌人の系譜（上田三四二の言葉）からいへば、結核療養者の一人として、「アララギ」系の病歌人につながつてもゐた。「アララギ」から出て、前衛短歌へと進んだぼくとは、写実出身といふことでは、滝沢とは、同じやうな仲間の中のライバルといふことにもなつただらう。ぼくは、滝沢の技巧達者なところが、好きでもあり、小しやくにも思へてゐた。同じ白秋系でいふと、田谷鋭もさうであつた。ぼくは、同年の島田修二よりも、田谷や滝沢をつよく意識してゐたのであり、島田修二は、むしろもつと近い、友人であつた。滝沢とは、よく知られてゐるやうに「前衛よ、痛みを負え」論争をしたし、ライバルはライバルなりに、若者らしく、遠慮のないことも言ひ合つた。

だが、香川進への愛憎が複雑にからみ合つて簡単に説明できないやうに、同時代人滝沢への思ひも決して単純ではない。人は、どこかで「ライバルよ、ゐなくなれ！」と叫びたくなるものだ。あるいは「ライバルよ、没落せよ！」といふ叫びでもある。『日本抒情派』の夢が結局、失敗し、うすい雑誌として出現したときに、ぼくは心中で、喜ばれなかつただろうか、と自問する。そして黙つてしまふ。

のちに一九八〇年の熊本のシンポジウムで、人の忘れてしまつてゐた滝沢亘について長い演説をして（『滝沢亘歌集』国文社、に収録されてゐる）、滝沢を深く哀悼しその価値の再評価を求めた、ぼくの心底には、多分に、罪をつぐなはうとする気持ちがあつたであらう。思へば、滝沢の死の直後の追悼会や特集号の編集も、ライバルの消滅によつて打撃をうけた人間の、罪障感のやうなものに裏打ちされてゐたのではあるまいか。

ここまで書いて、やつと湘南サナトリウムに滝沢を訪ねたときの、丘の向うの海の青が、記憶の中から、うつすらと立ち上つて来た。

十七　文章を書く

『天河庭園集』『慰藉論』など

1

最近の歌壇の議論をみてゐると、言葉の背後に霊みたいなものを考へたり、自然の奥にえたいの知れない非理性的な存在を見たりしてゐるのがある。かういふ議論は、その議論をしてゐる人が、歌壇の表に出てゐる有名な人たちだつたりするから、あたかも大きな時流のやうに見える。だが、ぼくなどは、あの手の議論からなにも感じない側の一人である。これは、たぶん、自分が、自然科学の方法を信じてゐて、その方法のままに少年時から物を見たり考へたりする道を辿つて来たことと関係があるのだらう。だが、ぼくの直観では、ふつうの生活者であればあるほど、ぼくと同じやうに感じて、そして、さう考へて、歌を作つてゐる人が多いのではないかと思つてゐる。むろん、人は自分の信念をいろいろと言ひ表はしていいのであり、その信念に沿つて歌を作ればいいのだらう。結果として、すぐれた歌がたくさん出てくれれば、それにこしたことはないのだが、世の中には、ぼくのやうな歌人もゐることを、忘れないで欲しいのである。

2

昭和五十年（一九七五年）に母が亡くなり、その前に村上一郎が亡くなつた。村上の死のころから、当時「磁場」の編集をしてゐた若い詩人の田村雅之と知り合つた。

ぼくは、そのころ、歌壇の外にゐた。此の、歌壇の外にゐて、なほ、文筆活動をしてゐる感じといふのが、説明しにくいのである。しかし、疎外されてゐる感じといふのとは違ふのである。むしろ、こちらから歌壇を遠ざけてゐる思ひがあつた。あそこへは、帰りたくはない、といふ気分が底流してゐた。そのため、歌壇ジャーナリズム以外の場所で、ものを書きたいと思つた。その一つが、田村氏の「磁場」であつた。この線は、のばして行くと、国文社から『天河庭園集』（一九七八年）『歳月の贈物』（同年）といふ二冊の歌集を出してもらふところへ行く。

また、『天河庭園集』の編集は、福島泰樹がやつてくれた。このおかへしに、一九七九年に沖積舎から出た福島の全歌集『遥かなる朋へ』は、ぼくが解説を書いた。田村雅之、福島泰樹、清水昶と一しよに、「異府」といふ同人雑誌をつくらうといふ話になつて、当時静岡県の沼津在にあつた福島のお寺へ行つたことがあつた。これなども、（田村、清水は共に詩人だから当然だけれど）みな、歌壇とはよそのところで、なにかを造設しようとしてゐたのだつた。ぼくは十五歳ほどぼくより若い、この人たちと一しよに、夢のやうな同人誌をかんがへたのだつたが、結局、実現しなかつた。その理由の一つはぼくにある。ぼくは、「歳月」を一九七七年「短歌」に発表してから、急速にまた、歌壇の内側へと、組み込まれて行つた。ぼくは、そのことにとまどひながら、内心では、嬉しかつたのでもあつたのであらう。どこか、誰も知らないところで、ひつそりと自分の理由だけで、詩歌をつむいでゐる人が、今でもゐるに違ひない。さうした人たちが、あと五年、十年、二十年後に全く新しい文体と思想をもつた文学を作り出すのだらう。さういつた考へは、なかなか魅力的で、故中上健次も、晩年に、さう言つてゐたし、ぼくも共感して聞いた。けれども、ジャーナリズムは、さういふかくれ里をすぐに探りあててしまふといふのも事実なのであらう。

3

一九七四年、「慰藉論覚え書」といふ連載を、詩の雑誌「現代詩手帖」に書きはじめた。これは、一九七五年母の死のあとまで続いて、その年十二月に『慰藉論』として一本になつた。文体は自由で、テーマはさまざまで、歌謡からマンガまでなんでもとり上げた。それが七〇年までに自分の書いてゐたものをおのづから裏切つてゐたのはいふまでもない。人はここに、一種の退廃と無思想性の匂ひを嗅いで、うさんくさがつてゐた。ぼくとしては一種のひらき直りであり、一旦、はなれたはずの文学の世界へ、また帰つて来たものの照れかくしもあつたに違ひなかつた。しかし、その中で、昔の文体や思想では書けないものを書くんだといふ気持――新生への意志が芽生えてゐたのも本当だらう。

七四年の七月号「文学」（岩波書店）に「『つゆじも』の解読」を書いた。これは、斎藤茂吉の研究家たちも認めてくれたやうに、今までに書かれたことのなかつた角度から、茂吉の問題歌集『つゆじも』を分析した文章であつた。茂吉の全業績を、前期と後期にわけて、その境目に、ヨーロッパ留学期（大正の末ごろ）を置く。さうすると『つゆじも』の仕事は、前期の最後のところに位置する。茂吉はこのころ、歌を止める方向へと行つてゐた。ヨーロッパでは、ほとんど歌らしい歌を作らなかつた。『遠遊』『遍歴』といふ二冊の留学期の歌集は、ずつとあとになつてから、日記や手帳をみながら再構成した歌集であつて、その場で作られた歌は、ほとんどないのである。さうなると、茂吉は、留学のあと、どのやうにして、再び歌人になつて行つたか、それが面白い話題になる。ぼくはそのころ、『つゆじも』と『ともしび』（茂吉の留学以後の歌集）の間に興味をもつて、調べて書いた。つまり、ぼく自身の、歌人としての再生の道筋をそこに重ね合はせてもゐたのであつたらう。

ぼくらは、若いころから、歌を作ることとは別に、文芸評論や、近代文学の研究に大きな興味をもつて来たのであつて、かういふ歌人は、このごろでは少ないのであるが、文壇の批評家たちの仕事、たとへば中野重治とか小林秀雄とか、中村光夫とか伊藤整とか竹内好とか花田清輝とか林達夫とかいつた人たちのものをよく読んだのは、自分もさういふものを書きたいと思つてゐたからだつた。短歌は短歌として独立した価値がある。けれども散文（評論）はそれとして独自の価値がある。この両者は、自分の文学の車の両輪だと思つてゐたのである。

この考へが、一九七〇年から七五年ごろまでの自分の書きものの中に、歌を欠落させたまま、文章だけがのこるといふ形であらはれてゐた。

若いころから、岩波書店の「文学」は、一度はそこに自分の評文や論文をのせてもらひたいと思つてゐた場所であつた。知人の米田利昭が、若くして、そこに土屋文明論をのせたときには、真底から羨しかつたものであつた。だからぼくは、七四年の七月号「文学」に『つゆじも』の解読」が載つたときのことを忘れることができない。

ファクスなどの全くない時代のことであつた。岩波の「文学」の編集者が、なにかのついでで、車を運転して、国立豊橋病院まで、原稿をとりに来てくれたのを思ひ出す。もうその人の名も忘れてしまつたが、病院の裏門のそばの、芽ぶきはじめたいちやうの木の下で、立ち話をした。そんな記憶が、よみがへつてくる。

あれから二十五年、四半世紀たつ。ぼくは、先日、熱海の惜櫟荘に泊つて『岩波現代短歌辞典』や『詩歌の近代』の仕事をしたが、眼前にひろがる伊豆の海を眺めながら、遠い日のあの「文学」の「『つゆじも』の解読」以来の、運命みたいなものを思つてゐたのであつた。

4

『慰藉論』の連載、「文学」への論文とならんで、七五年で忘れられないのは、（前にも書いたが）読売新聞に書いた短歌時評の月一回の連載であつた。ぼくは。四十七歳の時はじめたこの時評を、その後、一回も休まず八年間続けた。

もう一つのことは、七六年十一月から参加した『昭和萬葉集』（講談社）の企画編集であつた。『昭和萬葉集』の編集のことよりも、月一回、講談社へ出かけて、上田三四二、篠弘、島田修二とぼくの四人（かつては「四人委員会」と呼んでゐた）と、講談社の、編集部との間で合議する、この会がたのしかつた。昔の仲間たちは、ぼくをこの仕事に引きずり込むことによつて、着々と、ぼくを歌壇の方へと、引き戻さうとしてゐた。これには、むろん、そのころの歌壇の、とくに「短歌」や「短歌研究」のそのころの動向が、かかはつてゐたに違ひない。ぼくにもそれは、うすうすわかつてゐたが、それはそれとして、ぼくもいつまでも、浪人ぶつてゐるわけにはいかなかつた。

年譜風に書き出してみると、

七七年　「歳月」（51首）「短歌」に載る。「岡井隆の現在」といふグラビア及び作品エッセイ「短歌」に掲載。

七八年　「マニエリスムの旅」（50首）「短歌研究」にのる。「海庭」（100首）「短歌」にのる。「短歌研究」四月号より「前衛短歌の問題」連載。以後十七年間続く。

やはり、読売新聞の時評と、『昭和萬葉集』に参画して、四人委員会を作つて、五年ほど毎月会つて話したことが大きい。この四人委員会は、やがて、岡野弘彦、佐佐木幸綱を加へて、「短歌」で、「近代短歌の再検討」の座談会を始めることになる、あの長期のプロジェクトの、いはば再開の号砲みたいなものだつたことが、今になつてみるとよくわかる。これらのプロジェクトの重要な位置にゐたキイ・パースンが篠弘だつたのである。

5

風道に紅顔童子立てりけり髪を率《ひき》ゐて佇《た》てりけるかも　『歳月の贈物』

七五年は母の死んだ年だと言つたが、この年の六月、母の死の直前に男児が生まれた。けれどもぼくは、女のことを歌つたり男女のことを歌にしたりしたけれども、子供の歌を作るやうになるのは、ずつとあとの八三年以降で、『α《アルファ》の星』『五重奏のヴィオラ』以後にさかんに作るやうになつた。

この歌は珍しく、子供をうたつてゐる。病院の官舎の前の道に、冬の季節風の中に立つてゐる一歳位の男の児である。かういふ擬古的な歌から、ぼくはそのころ、歌をもう一度作り直さうともしてゐたのである。この歌は、あの素朴な、キャベツ畑の中の病院の、からたちの生垣にかこまれてゐた敷地のことを思ひ出させる。ぼく自身も、今に比べればよほど素朴に生きてゐた。

ここで、前回にあげた香川進への公開文が見つかつたので、再録して置きたい。大して意味があるわけではないが、一つの証拠としてである。「未来」六七年一月号所載。

▨香川進氏に

○伝える人があって、あなたの歌壇回顧というのが新聞に載ったという。そのなかで『現代短歌』に触れておられるとか。そこで取寄せて読んでみました。わたし個人の好みからいえば、あなたとか小野昌繁とかいった歌壇の黒幕的人物は嫌いではありません。身銭を切ってまで悪役を買って出ているあたり、なかなか悪くない。被害者面をしてそのくせジャーナリストの顔色ばかりうかがっている、そこいらの名士歌人より、うじうじしたところがないだけでも気持がいい。

○しかし、今度の時評は、あなたの粗っぽいところ丸出しですね。ジャーナリスト多年の尽力によって、いわゆる総合誌の上からは姿を消して了った観のある他称前衛派について「なにをしていたか」を問うためには、総合誌や、あなたに送られた歌集だけをいくら眺めていたって仕方がない。お城の中にゲリラは居ませんからね。それに、一冊の本が数年前の作品（実は半年前までの作品ですが）を含んでいるのは、きわめて当り前のことで、あなたの歌集をお調べになれば判ることだ。特に共著というのは制作年に異動が出易い。ご心配いただいたが、実は「奮然として立ちむかう対象を発見」しすぎてしまったのでまとめるのに苦労したのです。従って、かりに数年前の作品を収めて出版したとしても、主題喪失や老化現象とかかわりあろう筈がない。児戯にひとしい言いがかりはお止しになったらいかがです。○いつだったかお宅にうかがった時、あなたは片山貞美君を地中海誌の編集者として紹介し、その有能ぶりを賞揚されました。また石本隆一君の本の記念会の席上、その本の命名から編集まで世話をしたと披露し、同君の愛弟子たることを強調された。いずれも美しい場面で、いままで年長者からそういう取扱いを受けた覚えのないわたしの印象にふかく刻み込まれています。やがてその片山、石本両君が「短歌」の編集にたずさわることになり、数年を経たのでありますが、「新旧交替」をあたかも願望しておられるかのごとき今回の発言とてらしあわせると、ここ数年の結果にはさぞご不満のことだろうと推察します。もっとも単に世代交替という観点からいえば、短研誌と相まって、戦前派による戦後派との、又戦中派による前衛派以後との交替が不手際ながら出来上りつつありますから、歌壇総合誌に話を限れば、新旧ならぬ旧新世代交替の易しさを「実証」したとも申せましょうが。○そもそも、歌壇の新旧交替などどうだっていいではありませんか。ある歌壇ジャーナリストが、結社の出詠数を算えて表示し、文学の問題が頭数の多寡で判断できる、などという驚くべき見解を呈出し、それが又多少とも話題になろうという世の中です。永遠に少数派であり孤立派でありつづける前衛短歌人が、見かけ上の世代交替の網の目にひっかかるわけがありません。わたしは、前衛が前衛でありつづける限り、既成の一切の条件を疑うところから歩みはじめるべきで、その意味からすれば試行と実験はそれにふさわしい場を創設しつつ行われるべきだとおもうのです。今度の『'66』はその一つの具現であり、わたしたちも、あなたのひそみに倣って大いに身銭を切って敵役たらんとつとめたのです。行く人よラケダイモンの国びとにゆき伝えてよ、といった心意気だったとご承知ねがいましょうか、つまり、三百万の軍勢とそのかみここにあい戦った／ペロポンネソスよりの四千の兵、とね。〇五年、十年といった長い戦いをわたしは、ある暗い予感に満ちて想定しています。今年末回顧文を書かれるときには、どうかしら、ふ、で書いて下さい。〇ご自愛を祈ります。

十八　居づらくなつた国立病院

『マニエリスムの旅』注

リストラといふ言葉が、いつごろからかとびかふやうになつた。組織人（オーガニゼイション・マン）といふ古い言葉をあはせてみよう。企業の人間といつてもいいが、ぼくのゐたのは国立の医療機関で、しかも田舎のそれであつたから、いろいろと付帯条件が加はる。しかも、企業ではなく、役所である。組織とそれに入つてゐる人間といふ構図でとらへた方が、話しやすい。

ぼくが、リストラの対象になつたのは、八〇年代に入つてからだとおもはれる。まだ不況の時代とはいへない、むしろバブルの時代といへるだらうが、もともと医療は世の景気には左右されない。病院の機構改革のためのリストラクチュアといつてもよく、要するに比較的高給を食む高年齢の医師を整理して、若い、大学派遣の医師に代へて行くといふ方針が、たぶん七〇年代の後半から出てゐたのだらう。

組織人がリストラの対象になるには、いろいろの理由づけがある。一見、合理的に見えたつて、リストラをうける人にしてみれば言ひ分はいくらでもある。ぼくは、最初、北里研究所の病院へつとめたときに、結核医としての訓練をうけたが、結核が治る病気になると共に、転進をせざるを得なくなつた。そして、その転進は、必ずしもうまく行かなかつた。それと、専門分化が進む医療に対して異和感があつた。一般臨床医といふ言葉がある。いはゆるなんでも屋である。消化器もみるが呼吸器も循環器も一応わかる。さういふ一般臨床医としての訓練をへた上で、なにかの専門に入つて行くのがいいのだが、現実はさううまく行かない。

みてゐると、循環器が専門といひながら、その中でも不整脈だけを集中してやつてゐる人がある。研究室に入つて論文作りをしてゐる人などは、毎日、ごく狭い分野のことだけをやつてゐる。それでも専門が確立してゐる人は、専門のはつきりしない人より尊重されるやうになる。

土屋文明の歌に〈土屋文明を採用せぬは専門なきためまた喧嘩早きためと言ひてをるらし〉といふのがあつて、若いころおもしろがつてゐたが、まさか自分もそんな風評のうちに苦悩するだらうとはおもつてもゐなかつたのである。

むろん、地方の末端の医療機関は、人員不足であり、現実には、毎日、専門外の一般臨床医として働いてゐるのである。さういふ現実の中で、長年すぎて来ると、専門の知識も技術もかなり時代おくれになつて行く。だから、すべては、よくわかつてゐることの結果なのであるが、五十をすぎたあたりから、病院の或る大学への系列化が始まつて機構改革――といふより人脈の整理が始まつた。

さうなると、専門がはつきりせず、先端医療からも遠いといふことは、立派にリストラの理由になる。ぼくは、そのころ増加し始めてゐた糖尿病の患者を引きうけることになり、日本糖尿病学会に入つて、毎年各地で開かれる教育的なレクチュアをききに行くやうになつた。これも病院の方針による勧告に従つたのであつたが、学問そのものは、なかなかおもしろくて、いい勉強をしたとおもつてゐる。

『マニエリスムの旅』（一九八〇年刊）の中に「マニエリスムの旅」といふ章があり、「徳島へ公用の旅。」と書いてあつて、ニーチェの「音楽の力によつて激情そのものは自らを享楽する」といふ言葉が添へてある。激情といふ、切迫した感情すら自分を「享楽」することがあるといふところになにか感じて引用したのだつたらう。

ぼくの出身校とはなんの関係もない大学から、院長が赴任して来て、なにかとぼくに示唆を与へたことがあつた。ぼくは、その人の示唆を今では感謝してゐるのだが、あちこちに出張した。臨床検査科長といふ役目をも（内科医長の外に）もつてゐたので、徳島へは、そのころまだ珍しかつたＲＩ（放射性物質）を、病院へ導入するための予備調査に行つた。

徳島へは大阪からＹＳ11で行つたと記憶する。それとも、もつと古風な飛行機だつたか。鳴門海峡の上をとぶとき風で宙がへりするかも知れないなどと、にやにや笑ひながら空港の係り員がいつてゐた。そんなころのことだ。

こまやかに時間を割きて人と会ふ毛ぶかく優しかりし案内者《あないしや》
放射性物質《アール・アイ》あつかふ部屋の若者はおどろくばかり感性撓《しな》ふ

ある薬品会社のＲＩ関係の部屋を案内してもらつて見学した。いづれは、ＲＩ棟が自分の病院にもできるわけで、その予算が組まれつつあつた。そのための下準備だが、ぼくはこの時も、徳島の歌人に会つて、一しよに鳴門の潮をみに行つたりした。

ぼくは、そのころ歌界へは帰り新参者であつた。一九七五年に『鷲卵亭』を出し、七七年に「短歌」に「歳月」（『歳月の贈物』所収）を発表したけれど、あとは、かなりあなたまかせで、流れのままに歩いたとおもつてゐる。

ところが、一九八〇年の熊本での「現代短歌シンポジウム」（安永蕗子の主催した会）の成功があり、そこで塚本邦雄とジョイントして講演をしたし、翌一九八一年名古屋でのシンポジウムの日に、雑誌「アルカディア」が、「岡井隆とはだれか」といふ特集を打つた。八二年には「短歌」が「岡井隆特集」を組んだ。あのころ、東京へ行つて、歌壇のだれかに会つて、「いま流行つてるのは、どんなテーマだい」と訊いたら、吐き捨てるやうに「テーマなんかではないさ。岡井隆だよ、流行つてるのは」と言はれたことを思ひ出す。

たしかにそんな気配もあつた。とすると、「歳月」で歌界へ復帰してから、わづかに三、四年といふところである。一体、なにがおきたのかと自分でもおもふ。『マニエリスムの旅』といふ歌集は、それに続く『人生の視える場所』『禁忌と好色』を用意したといふ意味で、この現象を解く一つの鍵となるであらう。

ぼくは、さうはおもつてゐなかつたが、組織の人間として、病院内で、ぢりぢりと居心地わるい方向へと、追ひつめられて行つてゐたのだらう。ぼくより年長の内科医も、大学の系列化の波に押されて、一人また一人と、開業したり、地方の診療所の所長などに転出して行つた。それが現実におきたのは八〇年をすぎてからのことだが、空気として、リストラの気分は、ぼくの心を重苦しくしてゐた。なぜなら、ぼくの場合、家族のために、やめるにやめられない状況があつたし、意地も手伝つてゐた。

ひよつとすると『マニエリスムの旅』から『五重奏のヴィオラ』あたりまでは、組織人として、苦しい立場に追はれて行く人間が、おそくなつて得た子のことを考へ、かなり絶望的になつて、なんでもいいから歌つてやらうといふので、歌つてゐたやうなところがあつたのではないか。

北国のあはき日差しに飼はれつつアフリカーナのつひの寂しさ

これは仙台の動物園へ行つたときの歌だ。

ひる過ぎの動物園に率《ゐ》たりける家族《うから》とわれといづれかなしき

といふのも同じ時の歌だ。かういふ素材は、思想とかテーマとかいつた重いものにとらはれてゐては、歌へない。どこかで、重いものを放棄したところから出て来た。

京に逢ひたのしかりしをさまざまに叛き行かむわれも彼らも
草稿を一すぢに消し立ちあがる鳥打帽《とりうち》はややあみだなるべし

かういつた発想もさうである。従来の倫理的な抑制の中では出て来ない、自由で、放らつで「えいどうともなれ」といつた人生観がどこかに匂つてゐる。実際、ぼくは、毎日、仕事と、執筆とのあひだで、のたうちまはつてゐたし、執筆については、まつたく理解をしない家族と一しよに居たから、ストレスのための腹痛をこらへながら、「ああ、おれはどうしたのだらう、死ぬのだらうか」などと極端なことを考へたりしてゐた。

水牢のごとき世界に浸《つか》れども死に灼《や》かるれば悲しかるらむ
生きゆくは死よりも淡く思ほゆる水の朝《あした》の晴また曇
海は東の岬を攻めて居たりけりわが入水死今は思はず

近く棲むことが最も遠くある此の様式の数かぎりなき

かういふ歌は、いかにも想像上だけの架空の歌のやうにみえるかも知れないが、実は、現実の生を反映してゐた。ぼくは、いかにも軽やかに、なんでも歌ひ込むやうにみえて、ただ技巧的にだけこれを読む人もあるとおもふが、「水牢のごとき世界」に本当に浸つてゐたのである。

たとへば一つのことだけ言へば、八二年に解決をみた離婚（最初の結婚の相手との離婚。）のことは、それとなく『禁忌と好色』の中に書いて（歌つて）あるが、それまでのなん年間は、子供たちは非嫡出子だつたわけで、そのことによる現実の生活の上での不便とか気遣ひといふのは、これは経験者だけのわかるいぶせき生活感情なのである。

ぼくには、二重三重に過去が押しよせて来てゐた。体調もつねにわるく、しばしば死を予感してゐたのだつた。

『マニエリスムの旅』の中の「海庭」は、「短歌」にのつて、「短歌」愛読者賞といふのをうけた。かういふ賞も、うれしかつたので、あのころから「短歌」の秋山実氏と話すことがあつて、それが「人生の視える場所」（八〇年—八一年）の一年間の連載短歌の実現につながつて行つた。

ぼくは、糖尿病の診療に精を出したが、限界があることがすぐわかつた。もともと栄養学は、ぼくの不得意の分野であつたし、大学の研究室との交流がない以上、学問的にも深め方も見つからなかつた。

その上、『鬼界漂流ノコト』（随筆集）にも書いたやうに、ぼくの好きだつた病理解剖の世界にも、いくつかのバリアーが出て来た。一つは、専門化の傾向が、臨床家の病理解剖を嫌ふやうになつた。この傾向は、もう六〇年代の終りから出てゐた。もう一つは、さまざまな診断技術の発達が、病理解剖（死後に屍体を解剖して死因をあきらかにする病理学的な手技）を片すみへと追ひやつて行つた。

物を書くことが増えて来て、だんだんと、病院内でも、ぼくの文筆活動が知られるやうになつて来た。ぼくに対する処遇も、単なるリストラの対象といふのとは違ふ形になつて来た。八一年に、愛知県の文化選奨文化賞をうけたが、かうなつては、新聞に大きくのるのだから、どうしやうもなくなつて行つた。

「海庭」といふ一連では、特に大つぴらにことば書きと歌の併用を実施した。今では誰でも採用するなんでもない発表形式となつてゐるが、『マニエリスムの旅』で定着し、『人生の視える場所』で一つのパターンを作つたこの方式も、たぶん、ぼくの歌を、目立ちやすくした一つの理由だらうとおもふ。

1　海の庭

加齢こそおのづからなる病ひとぞ人には告げて今日は終つた。

チューリップの花芽を覗き込む男齢《よはひ》知命をきのふや過ぎし

想像は飼ふべし空想は除くべし。北村透谷二十四歳

春あさき日の斑《ふ》のみだれわが佇《た》つはユーラシアまで昔《むかし》海庭

かういつた形の連作である。詞書も一首の歌になつてゐる。つまり、歌は、せいぜい散文の詞書程度のものとして扱はれてゐる。散文と韻文のあひだに、ほんのすこし音数を調整すれば、大した違ひはないのだといひたさうな按配だ。かうして、歌を重々しく扱ふ習慣を、かへて行つた。この連作は、だから、五十首だけれど、詞書を入れれば百首なのである。また「海庭」といふタイトルにあらはれてゐるやうに、海がよく素材や、その背景に出てくる。このことは、ぼくの住んでゐた所が、三河湾と遠州灘にはさまれた土地で、車をすこしころがして行けば海はすぐそこにあつたこととふかく関係してゐる。それと幼い子がゐて、家族であちこち行かねばならないことも多かつたのである。

初期歌謡論をよみつつ時折は沖に出て行き陸を笑つた。

水際の遊びの終り藁帽子いくつうばはれたりし夏の日

声帯をやられて愉快不愉快を超出。やつをなぐりたくなる。

閲歴をあいまいにして働けど撃《う》たるるときは楯もたまらぬ

こんな風の歌も「海庭」にはある。ちやうど吉本隆明の『初期歌謡論』が出たときで、その書評をたのまれて、やや長いのを書いた。雑誌(「文芸」だつたか)にのつた『初期歌謡論』の初稿と対照させて書いた。それを夏の日の伊良湖岬の海岸へもつて行つて、ビーチパラソルのかげで読む。家族はてんでに海へ遊びに行つてゐる。ぼくは、しばらく読んでは、飽きると、沖へ泳いで行つて、沖から陸を眺めたりした。麦藁帽子といふのは、すぐに波にさらはれる。買つても買つても、また波がもつて行つてしまふ。そんな或る日をうたつたのだ。

閲歴をあいまいにして働いてゐたつもりだつたが、どこからともなく、伝はるものであつて、組織の目のきびしい監視の中で、働くことになるのでもあつた。時々、咽喉炎にかかつて、それでも外来診療や病室の勤務は休むわけにいかない。「やつをなぐりたくなる」なんて言つてはゐるが、なぐる勇気もきつかけもないままに、「やつ」あるいは奴らによつて、すこしづつ、窓際へ押しやられて行くのであつた。

十九　『マニエリスムの旅』から『禁忌と好色』まで

――ある戦後観

1

短歌が、その折々の記録であり、自分で自分の過去を掘りおこすときの記憶のとつかかりでもあるといふのは、なんと玄妙で、しかも、場合によつては、嫌なことなのであらうか。時々、自分の歌集の中の歌を、墨で塗りつぶしたい気持になるほどなのである。

短歌が、嫌悪の対象になるのは、割と正直にその折の感情が吐き出され吐き捨てられてゐるからに違ひない。『マニエリスムの旅』（一九八〇年、昭和五十五年に出た、ぼくの第八歌集）に、もうすこし、こだはつて書いて置きたい。『鷲卵亭』については、今でも言及して下さる人がある。『マニエリスムの旅』は、比較的見逃されやすい本だ。このあとの『人生の視える場所』

『禁忌と好色』は、前者が雑誌「短歌」への一年間連載といふ前代未聞の企画だつたことと、あとのが迢空賞を受賞した本だといふことで、多少、ぼくの本の中では、言及されることの多い本なのだが、『マリエリスムの旅』が、自分では、或るなつかしさと、或る嫌厭の感情の対象となつてゐる。すこしく引用しながら、注記してみよう。

「わが戦後」といふ一連五首がある。「戦後」とは、一九四五年の敗戦から、十年ほどの歳月の記憶を指してゐる。「なにか知らぬが、戦後は、わたしにとってつねに聖なる地域であり、おかしがたい時間帯である。戦後文学があり、その反動があった。反動は長く長くつづき今に至っている。」こんな風に詞書がついてゐる。一九七〇年代の終りごろといふのは、まだ、かうした「戦後」観が、ある意味を持つてゐた。なぜなら、当時、戦後生まれの人はまだ三十代で、大きな発言力を持つてをらず、発言してゐるのは戦前に生まれて「戦後」といふ特殊な——一言でいへば、アメリカ軍の占領治下の六年間と、それに続く時代といふことだが——時代の記憶を共有する人たちだつたからだ。

自転車の鞍部をはさむただむきのきよき少女よわれに来ずやも
わが貌《かほ》のみにくく若くゆがむ故夏草すぎてわれに来よわれに
女とはやはらかくして包みくる 掌《たなごころ》とぞ長く思ひゐき
アメリカを撃てアメリカを憎めとぞなにさやぎゐし夜半の奈落に

女への幻想の斧ならべたりあかあかとしてかなしかりけり

五首みなを引いた。「ただむき」は、「栲綱《たくづの》の白きただむき、沫雪の若やる胸を」と古事記歌謡にある通り、「腕」のことで、しかもエロチックな少女の腕である。しかし、自転車の鞍部（サドル）を白い若々しい腕ではさんでゐる少女といふのは、ちよつとヘンだから「ただむき」は、大腿部のことを（古語をまちがへて）言つてゐるのではないか。

いづれにせよ、自転車のサドルに自分がなつてゐるのに変りはない、「ただむき」は少女の身体で、少女は、どうか自分といふ「鞍部」をぐつと挟んでくれといふのだらう。ずい分と露骨な性的な表現だ。五十歳にもならうといふ男が、こんなことを言つてゐるのは、回想にこと借りて、抑圧された性を表現しようとしてゐたのかと疑はれる。

「わが貌の」云々といふのは、自己の容貌への自覚である。男女が、性格とか教養とか知的な能力とかとは全く関はりなく、ただ「貌」において価値づけられ、「貌」だけで仕分けられて行く。それが、若いころの、青春の残酷な特徴であることは、太古以来現代までかはらないのである。それでゐて、性欲は烈しく異性を求めるから、そこに「みにくく若くゆがむ」心とからだが生ずる。こんなことも、今さら、中年の医師が歎いてゐていいのかといふことになるが、歎いていいのであり、歎く外なかつたのだ。この辺りには、多分、かくされた同棲生活の男女の内実の反映があつたに違ひない。

「女とはやはらかくして包みくる掌」といふ歌の性的な露骨さは、今さら言ふまでもないだらう。「長く思ひゐき」といふのは、七〇年代の終りごろにも、さういふ甘さがあつたといふことの告白である。

男と女。とくに共同生活をする時の男と女。たとへば、子育てをする男と女。七五年、七八年にそれぞれ男児が生まれ、八一年に女児が生まれ、いづれもその段階で、庶子であり、ぼくは、病院の構内の官舎（平家の一軒建てで狭いながら庭がある）に住んでゐたのであつたが、流れ者のやうな男女がさういふ状況の中で生きて行くと、男は女の存在を過敏に意識し、自分の女性観が、戦前型をひきずつてゐるのを自覚せざるを得ない。「長く思ひゐき」の内容は、マザー的な包容力への期待があとを曳いてゐたのだらう。しかしこの期待は、女との年齢差もあつて、つねにうら切られる。

「アメリカを撃て」といふ時の「アメリカ」が、父的なもののシンボルだつたことも見易いところだ。「アメリカ」は支配する外国であり外から来る指導力であり、いやでも従はねばならない力であつた。「夜半の奈落」の底に落ちてゐながら、ぼくは、まだこのころ健在だつた父に対抗しつつ、その自分自身も、子たちにとつて（あるいは、子の母親である女にとつても）憎しみの対象、少なくとも憎み合ふ関係に、そろりそろりと入つて行くのであつたらう。「女への幻想」は、つねに「あかあかとして」そこにあり、「幻想」は女に母性的なものを、つねに求めようとするのだが、その「幻想」は、また、相手を切り裂く「斧」でもあるといふのだらう。

一見すると、「戦後」を回想的に歌つた思想詠のやうに見えるが、内実は、性愛の喩をたつぷりと含んだ男女関係の歌である。

2

ぼくには、このころのことを書いた文集が少なくとも三冊ある。『時の峡間に』(雁書館、七九年刊)。『メトロポオルの燈が見える』(砂子屋書房、八一年刊)。『鬼界漂流ノコト』(季節社、八一年)。三冊は、それぞれ冨士田元彦、田村雅之、政田岑生といふ、そのころ独立して出版社をおこした知友たちの手で出てゐる。そして、亡き政田岑生も含めて、これらの知友たちは、七〇年のぼくを支へてくれた人たちであるが、あれから二〇年以上を生きて来て、さうした知友の存在がかりそめのことではないのを知る。ぼくは、たしかにみじめな境界にも居たけれども、他方で、ずい分と恵まれた人間関係の中にも居たのだつた。

一つだけ「男の買物」といふエッセーを引用して置く。八〇年に産経新聞に毎週書いた随筆の中の一つである。

「あちこちと棲みうつったけれど、どこも都市の近郊の、新しくつくられていく町であった。だから、昔からの商店というのが、まったくない。もっぱら、なんでも屋で、ことをすます。このごろは、そのなんでも屋も規模雄大になってきて、ほとんどデパートにちかいようなスーパー・マーケットが建っている。」

考へてみると、九州に居て福岡県岡垣町に住んだ時も、スーパーの走りのやうな店があちこちに建ち始めてゐた。北九州市とか福岡市のやうな大都市の近郊の町であつた。愛知県に移つてからも、豊橋市のかなり郊外に近いところに住んだ。豊橋市自体が、名古屋市と浜松市に東西からはさまれた中都市である。さういふところに住む者は、流れ者であればよけいに、その中間的な場所の曖昧さによつて影響をうける。あるいは、さういふ中間的な曖昧さが、一番身に合ふと思つて住みついてゐたともいへるのである。しかも、住んでゐたのは、お上《かみ》の土地の中の官舎である。『マニエリスムの旅』の中に「中野町中原百」といふ、番地名をタイトルにした作品がある。かういふタイトルを付けたところにも、一個倣然とした自負がみえ、痩せても枯れても俺は武士といつた無理なかまへが見える。「中野町中原百は国有地であるが今のわが住居地であって多くの知友がこれを中原町中原と書きまちがえているのは多分いつぞやのあやまった年鑑の記載を踏襲していると察せられるのでどうか今からでもいいからご訂正くださるべく尚郵便番号なるしゃらくさい細工に同調されるのならこれも四四〇すなわち獅子王と記憶されたく存じ上げるが否か応か」といふ詞書がある。必死になつて、自分を大きくみせかけて相手をおどしつけようとしてゐる狐の魂胆がみえて、いつそ哀れではないか。

中野町中原百は旧軍の銀杏《いちやう》百本萌え立ちにけり

事シ有ラバ事シ有ラバといふ声のわがわたくしの死《しに》をふふまむ

老いつつぞ若きをいらふたのしみはわが春秋に思ひみざりき
皿二つ夕べの糧《かて》をたたへたり芝白金に人をあやめ来て
くもり日の空を叩きて遠さかる暗緑のへリ遠さかれかし

かういふ作品を並べてゐる。あたりはすべて白菜や大根の畑で、その中に、ほんの一にぎりの商店を抱いて、国立病院が建つてゐる。五階建ての病棟だから大きな病院とはいへない。これは旧陸軍病院が、戦後に、国立病院となつたのだといふ。この豊橋市自体が、有名な軍都であつて、軍隊も、軍人用の遊里も、陸軍予科士官学校もあつて、戦中までは、軍で栄えたのである。その前は（といふか平行してといふか）ご多分にもれず、糸扁の、養蚕を背景とする織物の町であつたときいてゐた。「旧軍の銀杏百本」は、むろん誇張であるが、病院には、陸軍病院時代を知つてゐる医師や職員が、まだそのころには居たのだつた。「事シ有ラバ」といふのは、「有事」である。「有事立法」の問題は、あのころにもさかんに論じられた。今、また北朝鮮の脅威と結びつけて論じられてゐる。ここが旧軍の建物だと思ふことが、「有事」を想ひ出させた。「事シ有ラバ」、ぼくら自身が、死の運命に巻き込まれるかも知れないのは、言ふまでもない。

「老いつつぞ若きをいらふたのしみ」といふのは、五十歳そこそこで言ふべきせりふではなさそうだが、人は、知命をすぎたころ、一度は、老いをふかく自覚する。ちやうど、二十代三十代の若い歌人や、若い医師たちと、このころに、ある種の対決を迫られるためでもあらう。「いらふ」は、あしらふの意で、「若きをいらふたのしみ」などと、わざと言つてみて、自分を落ち着かせたいのでもあらう。しかし、さういふ境界に、まさか自分がおち込むとは、昔は思ふこともなかつたのだ。

「皿二つ」の歌は、自解しにくい歌である。「皿二つ」云々は現在の男と女の生活のある断片であらう。夕食のスープ皿を前にしてゐる。その男は（女には言はないが）さきほど「芝白金」で、人を殺して来たのである。まるで池波正太郎の小説の中の場面のやうだが、事実このころ、ぼくは池波正太郎や司馬遼太郎を愛読してゐた。しかも「芝白金」は江戸めかした地名だが、ぼくが、昔、勤めてゐた北里研究所病院のあつた所なのである。医師は、しばしば、自分で手を下したわけでもないのに、患者の死に対して、深い自責の念を抱くことがある。それは、何も東京の芝白金の病院のことばかりではない。中野町中原百番地の病院でも同じことだ。しかし、その「人をあやめ」たことを、男は家では一切女に話さない。男と女の間柄には、ジェンダーの差につけ加へて、その社会的な働き具合の相互の間の秘匿関係があるわけだが、大ていは、かくしてゐる側だけがそのことをつよく意識してゐる。

さきのエッセーの引用を続ける。

「わたしは、職場に近接した官公舎にすんで、もう十年ちかいのであるから、職場から家へ帰る途中に、のみ屋もなければ本屋もなく、駅もなければ喫茶店もない。そこで、たまには（一日一回）ちょっとよそへ出かけたくなる。出かける口実として家人から買物をうけ負うのは、互いに便利である。買いだめのきく食料品などをたのまれて、スーパーへ行く。スーパーには、本屋もレコード店も文房具屋もあるから、流行の品ならたいていそこで間に合う。」

こんな風に書いてゐるが、思へば、いはゆる職住一体といふのは、奇妙なもので、職場の人たちからこちらの生活や、たとへば家族のありさま、飼猫や庭の花までまる見えであり、家の側からみると、男の職場がかなりよく見えてゐる。男の日々の働きのリズムまで時には見えてしまふのである。スーパーの買物には（歩いても大した所ではないのに）車をころがして行く。外来診療のあと、かなりおそい昼休み（大てい三時ごろ）をとつて出掛けて行く。

「男の買物にスーパーがいいのは、お店の人と口をきかなくてもいいからである。それに自由選択だから、品ものの前に立って、いくら長考していても、なにも言われない。しかし、なかには親切な（そして、おせっかいな）奥さんもいて、野菜のよしあしの見分け方を説教してくれた人もいた。よそめには、いかにもあわれに見えたにちがいないが、わたしは、その時、葱の束を眺めながら、蕪村の句について考え込んでいたのであった。」

エッセーはここで終つてゐる。この蕪村の句は、『マニエリスムの旅』の「あとがき」に書いた〈ひともじの北へ枯臥《かれふす》古葉哉〉を指してゐるのであらう。「ひともじ」は「葱をいう女房ことば」と辞書にある。上方のことばでもある。

ぼくは、そのあと十年ほどたつて、再び東京へ出て、今は武蔵野市に住んでゐるが、ここもまた、時代と共に変化のはげしい町。しかし、どこか、昔の商店のおもかげが残つてゐる。コンビニやスーパーには「男の買物」客が実にたくさん居て、慣れた手つきで買物をしてゐるのは、九〇年代の町の風俗である。

ぼくが、このエッセーを書いてゐたころでも、「男の買物」はなかつたわけではないが、スーパーや、そこでの買物の風俗的なあたらしさの、まだまだ目立つてゐた七〇年代であつたことを、忘れてはならないだらう。ぼくのあのころの歌には、かうした社会のすみずみでの流行の変化や、男女関係の変化推移や、買物や育児の風景の変化などが、材料として拾はれて、歌はれてゐた。その集大成みたいなものが『人生の視える場所』『禁忌と好色』の二冊になつてゐる。八〇年代のはじめの所産であつた。

二十

一九八〇年、父の死

——「回想《メモワール》」の結び

1

いまは『前衛歌人と呼ばれるまで』といふ単行本になつてゐるが、この「一歌人の回想《メモワール》」の初めの章で、ぼくは父の手ほどきで歌を作りはじめたことを書いた。満十七歳の時のことであつた。かうして書き進んで来た「回想」も、一九八〇年の父の死の前後の記事で結ぶことになつた。八〇年は、ぼくの五十二歳のときだ。ずゐ分と年をとつてから父を失つたやうに思つてゐたが、五十そこそこのところだつたのだ。『岡井隆全歌集（II）別冊・岡井隆資料集成』の中の「自筆年譜」は、一九八七年、全歌集を出したときに、その附録として書いたもので、かなり詳細に、私小説風に書いてある。しかも、筆は、かなり乗つて書いてゐるおもむきである。いまからふり返つて見て、父の存在を強調しすぎてゐると思はぬではない。
ぼくは、いま別の場所で「近代日本人と短歌」といふタイトルの連載を書いてゐる。その中で、ちやうど桑原武夫のことを調べながら書いてゐる。「第二芸術」を書き、「短歌の運命」を書いて、敗戦後の日本の世論を、伝統文芸否定の方向へ導くのに、大きな役割を果たした桑原武夫のことを、その短歌との関はりを中心にして、書かうとしてゐる。武夫の父は、高名な東洋学者桑原隲蔵《じつ》で、武夫はその長男である。武夫は二十七歳の時に、その父を失つてゐる。武夫は父の死後、「私のうけた家庭教育」といふ短いエッセイの中で次のやうに書いてゐた。

「以来私は長らく父の厳しい言葉を聞く習慣をもたなかった。だから二十歳の青年には父の言葉はもはや指導とは聞えず、理論をもってそれに答えるの愚を犯さしめた。年齢と時代の相違という不可避な宿命による青年の父への無理解、こうした忘恩期を経験しない人があるだろうか。」

桑原はこれを三十八歳の時に書いてゐる。そして、「私はともかく父の家庭教育は既におわったと思い込んでいた。間違いであったことはいうまでもない。さらに、父親というものは、死後にはじめて子に「精神」として働きかけるという哲人の言葉は、私にはきわめて切実にひびく。」と書いてゐたのであつた。
ぼくも、また、父の死後に、すつかり父の禁忌は解けてしまつたと考へたのだつたが、いまになつてわかるが、父の「精神」は、その死後になつて、いよいよ明らかに、ぼくに働きかけて来てゐたのであつた。

さきに言つた「自筆年譜」の中で、ぼくは次のやうに書いてゐた。

「わたしは父のことを深く尊敬していた。のちに烈しく争ったことが、何度もあるが、十代二十代を通じて、偉い人だと思っていた。親しみぶかい父親や友だちのような父親ではないが、怖れの対象であり、指導者であり、万能選手であり、すぐれた先達であったのだ。父が死んだ時、「禁忌が解けた」と感じ、そのことをモチーフにして『人生の視える場所』『禁忌と好色』のなかのいくつかの歌章を書いたのは、右に言ったような事情が背景になっている。」

こんな簡単な説明でいいのか、といまのぼくは思ふ。「禁忌」などといつてゐるが、なにをするな、といふ禁忌なのであらう。ぼくは、この人生を生きるに当つて、父の「……するな」といふ禁忌を、しばしば犯し、父をしてふかく悲しませたのではなかつたか。それなのに、父の死と共に、「禁忌」が初めて解けたとは、単に心理的な制約を脱したといふだけのこと。もう父のことなど気にせず大つぴらに禁を破つてよいといふことになつたのではないか。ところが、実は、父の死後のぼくの行動は、生前父からうけた教育や、折々に与へられた人生の指針のやうなものを強く意識したものであつた。かういふ父子関係といふのは、おそらく、母と娘の関係からは類推がきかないことだらう。

歌集『人生の視える場所』のもとともなつた「人生の視える場所」は、「短歌」の一九八〇年八月号から翌八一年の七月号まで毎月二十五首づつ発表したものであつた。雑誌に毎月連載とか隔月連載とかいつた試行は、いまでは折々に見られる風景だが、八〇年ごろには、一年連載といふのは前代未聞の企画だつたのである。

第一章は「春の老人」といふ。つまり死んだばかりの父を題材にして、その一箇月半後に連作をつくつた。（もつとも、父ばかりが登場するわけではなかつた。）父をうたつた歌では、

八十になる老父《おいちち》はひとりして歳晩すごしたれど清《すが》しも
このふかき梅雨《つゆ》の谿間に人群れて死せる魂をたたへたるかな
すみやかにわがかたはらをすりぬけて遠さかりゆく春の老人《おいびと》

といつた、散文的で平板な作品が目立つ。人々が「春の老人」の中で、しばしば引用するのは、かへつて、父の歌ではなく、次のやうな歌であつた。

箸立ての箸抜きながら塩尻のそば一椀になごみゐたりき
女《をみな》とは幾重《いくえ》にも線条《すぢ》あつまりてまたしろがねの繭と思はむ

2

『人生の視える場所』と『禁忌と好色』とは、ほとんど同時期の作品群を二つに分けて作つた歌集で、いはば姉妹歌集である。かうした歌集のつくり方を、このあとにもぼくは二、三度してゐる。八二年に作つた二冊はその原型ともいへる。この両歌集には（とくに『人生の視える場所』には）一見詳細とみえる注記がついてゐて、そこを読むだけでも、一種のエッセイ（自歌自注の文）として味はへるだらうと思つてゐたが、今回よみ直してみたら、肝腎のところは、すべてぼかしてあつた。

わが家をふかく見おろす窓ありて趨《はし》る家族の髪蒼く見ゆ（II 趨る家族）

どのやうに読むこともできる一首である。窓はどこにあつてもいい。架空の窓であつてもいい。たぶん架空の、空想上の窓なのだ。家族を見るとき、とくに「見おろす」とき、父親は（夫といふ存在は）家族を見おろすための窓を持たうとするのだと解してもいい。さう言つて置いて、当時のぼくの現実の家は、前に言つたやうに、病院の敷地内の官舎（平家一戸建、庭つき）だつたことを思ふ。そして、ぼくは日常の業務として、病院の四階の病棟で働くことが多かつたから、病室で患者を診たあとで偶然、窓から見下すと、さんご樹の垣にかこまれたわが官舎の庭から、敷地内の道へ「趨る家族」（ごちやごちやと、飼猫なども一しよに走つてゐるところ）を見る。その髪が「蒼く」見えたとは、決してとても幸福といふわけではなかつたらう。

子供を中心に、その土地における人間関係がひろがると同時に、法的には未婚の状態にあることが、深刻な問題をはらみはじめて、男女のあひだに重いくびきとなつてゐた。加へて、大ていの核家族のつねで、育児不安があつた。そこへ、ある新々宗教の教団が、しのびよつて来て、不安な母親をとらへた。ぼくは、ほとんど為すところを知らなかつたほど無能であつたが、ただ、キリスト教をよそほふその教団へは、オブザーバーとして接近して、なるべく相手を理解しようとした。ただ、すぐわかつたのだが、相手は、宗教家のあつまりといふより、人生万般への生活指導に主たる布教方針をもつ団体だつた。ぼくは、はたと困惑した。

たくさんのアフォリズムの短歌を、ぼくは書いてゐる。

ゆるやかに気象の動く夕まぐれ何故《なぜ》父親として駄目なのか（Ⅲ　信長が来た）

獅子《ライオン》の声をつくりてしばし居《ゐ》つ実にむなしき努力と思へ

庇合《ひあはひ》をうづむる柿のこはき葉のいくそたび言ひきかせても駄目

かういふ、いら立つやうな歌がいくつも書かれてゐる。子供は五歳と二歳の男児であつた。どの父親もするやうに、ライオンの啼き声をしてやつたりする。「実にむなしき努力と思へ」と思はねばならない、ニヒリズムが濃厚である。家と家とのひさしの間を埋めるやうに柿の木が、夏の「こはき葉」をひろげてゐる。この柿の硬葉をみるのも幾度目だらう。四十九年に移転して豊橋へ来て、今年五十六年か、もう八度目の夏。「いくそたび言ひきかせても」相手は納得も理解もせぬ。言ひ方がわるいのか、たぶんさうなのだらう。

女《をみな》とふ魔訶不可思議と一つ家《や》に棲みふりにつつあはれあはれあはれ

といふ歎声は、だから、単純ではなかつた。そんなころ、その宗教団体が、上部組織の指示だといつて、ぼくに女との別居（離別）をすすめて来た。さうする以外に、救済は来ないといふのである。

勤務先の病院では、ぼくの母校とは関係のないN大への系列化がすすめられてゐたことは、前に書いた。もの書きとしての仕事がやうやくふえて来て、世間にも目立つやうになつて行く。ぼくは、内からも外からも責め立てながら、此の連載短歌を書き綴つたのであつた。加へて、父の死後、その遺産（土地建物は、名古屋にも東京にもあつた）の相続問題で、親族の会議がつづいてゐた。血を血で洗ふなどといふ、面倒な経過は幸ひになかつたが、ぼくのそこまでの行状がひきおこした、結果としてのトラブルは幾重にもからんで存在した。弟が主として、その解決のため働いてゐた。

いますぐに文学やめむたぬしかるべしとおもへどままならなくに（Ⅳ　口のゆがんだ肖像）

岡井隆が歌人でもあるゆゑよしをたれにむかひて言ふ用やある

こんな歌がまじつて来るのも、追ひつめられた奈落の底のことだつたと知られる。

3

XIIIの「荒野にありし頃」といふ一連には、注記して「わたしとしては、奈落の底をさまよった記念すべき一篇だが、他の人には、そうは見えないだろう」とある。

とにかく別れるにしても、その前に一度、行方のないまま旅に出てみることにした、家族みんなで。帰つて来たら別れることにしようといふ話をした。

むらさきの〈擬制家族〉のさびしさに耐へむとしつつ疲れはてたる

行方なき流れと思《も》ひてしたがひし光《て》れる運命のさなかにわれは

あまりに正直すぎる詠歎だつたかも知れない。ぼくは時々、あの朝の奇妙な孤立感を思ひ出すのだ。「わたしに「神」を試みる勇気はない。しかし、サターンをためしてみる余力は、そして余命はどうであろうか」と詞書をして、次の歌が在る。

さやぎ合ひ飯食ふことも幾年かすぎて思へば朝寒の中

別れてしまつて「幾年かすぎて」この日の朝食のさまを、この虚無の巣を想起するであらうか、と思つたのだ。前にも言つたが、ぼくの歌を、そのころの家族は一切読むことはなかつた。

この短い擬似家族の旅行のあと、いくつかの偶然も重なつて、転機が来た。ぼくは、昔の人との関係を法的に解決するため、もう一度、無駄とわかつてゐることながら、家裁へ申し立てることになり、幾曲折をへて、一九八二年春に、金銭的な決着をみた。あの宗教教団はいつのまにか退いて行き、ぼくの家の宗教であるプロテスタントの教会へ通ふことになつた。この年に、『人生の視える場所』を思潮社から出してもらひ、『禁忌と好色』を不識書院から出してもらふことになつた。実は、『人生の視える場所』のくはしい注記は、この状況下で——つまり、一応すべて解決をみた状況下で、急いで書きつけられたものであつた。あの注釈が、やや多弁で、やや明るさをもつてゐたのは、サターンの試みを一端はしりぞけることができたといふ安心感によつてゐたのかも知れない。

（しかし、事はさう簡単でなかつたことは、十七年後の今日よくわかつて来てゐる。）

ぼくの八〇年代といふのは、父の死に続くかうした事件の中から始まつてゐる。

八二年に出した歌集の一つに対して、翌年、迢空賞が与へられた。受賞の対象が、『禁忌と好色』だつたことは意外だつたが、ぼくは素直に、このしらせを喜んだ。

八二年には、結社「未来」へ復帰した。結社の改革案を提示して、近藤芳美氏の賛成をえて、編集委員長として、参加することになつた。十二年ぶりの復帰を、友人のだれもよろこばなかつたことを、ぼくはよく知つてゐる。「未来」とて、止むを得ず、ぼくを受け入れたに違ひなかつた。しかし、以来、十六年間、ぼくの歩みは、良くもわるくも、「未来」と共にあつた。

「挫折と再生の季節」と題して書いて来た。「再生」にはちがひないが、あちらこちらで挫折の後遺症が出てゐることが、書いてゐる途中からわかつて来た。そして、この二年ほどの連載のあひだにも、ぼくの公私にわたる状況は、めまぐるしく変つて行つた。「中の会」や「ゆにぞん」を介して行なつたシンポジウム。女歌やライトヴァースを支持した八〇年代から九〇年代への歌界における発言。啓蒙の活動は、ＮＨＫ学園やカルチャーセンターやＮＨＫテレビを通じて重層化した。宮中歌会始選者になつたことなど、どの一つをとつても、なぜだか知らぬが、死後も父の「精神」のかげが、ぼくの選択や行為の上に、おほひかぶさつてゐるやうに思へる。これは決して愉快なことではないが、まがふことのない実感なのであつた。

（終）

あとがき

この本は、「一歌人の回想《メモワール》」といふ回想録の第三巻にあたり、さしあたり、この回想《メモワール》の最終巻である。月刊誌「短歌往来」の、一九九七年十一月号から、一九九九年六月号まで連載されたものに、ほんのわづかだが手を加へて、本書を作つた。

回想の対象となつた時期は、一九七〇年七月から、一九八〇年五月の父の死のあたりまでの約十年間で、いはゆる七〇年代を経て八〇年代にかからうか、といふ時代の、わたし（歌人、岡井隆）の生活と作品を、苦労しながら回想した。

と同時に、たえず、現在の歌界のこと、一九九七年―九九年のころ自分の関心をもつてゐたことに言及し論評し意見をのべたから、つねに現在と過去とを比較対照して語る結果となつた。この点は、既刊の第一巻第二巻とも、同じである。

わたしは、このあと、八〇年代九〇年代と歌人として生きて来たので、最近の二〇年についても、いろいろと書くべきことはあるだらうが、すでに同時代的に数々の文章を書きその一部は単行本になつてゐるのだから、今のところ「回想《メモワール》」としては対象化の必要はないのかも知れない。

さうは思ふが、少々興味もあるので、わたしなりに、世紀末の二〇年を事項をあげて要約してみようか。

一　啓蒙家になつた。八一年豊橋市のＮＨＫ文化教室で短歌を教へ始めたのがきつかけであつた。『岡井隆の短歌塾入門篇』（六法出版社）を皮切りに、たくさんの啓蒙書を書いた。

二　「ゆにぞん」（愛知県豊橋市の主婦を中心にした、手づくりの同人誌、批評誌で、わたしが編集の指導をした）を発行して地方における短歌文学運動を体験した。八〇年代は短歌集団「中の会」（春日井建、斎藤すみ子らと共に、名古屋を中心に、シンポジウムや研究会を開いて活動した）と「ゆにぞん」の時代であつた。女歌論議、俵万智現象、ライト・ヴァースの興隆、遊び（題詠から歌合せまで）の流行など、当時の短歌の問題を、時代を先導するかたちで、議論し、実行にうつして行つた。

三　歌誌「未来」の編集責任者となり編集にたづさはつた。一九八二年秋以降現在まで。結社のかかへる大ていの難問にはことごとく遭遇して苦労を重ねた。その中から、次々に人材が育つて行つた。「未来」が、NHK学園短歌講座の出発（一九八三年）に深くかかはつたため、生涯教育の現場に参入することとなつた。

かう算へあげてくると、啓蒙家としての仕事が圧倒的に大きいことがわかる。

一九八五年の『α《アルファ》の星』から九九年刊の『ヴォツェック／海と陸』まで十冊の歌集を出し、その中で、わたしなりに考へられる限りの実験をしたから、作家として〈前衛的〉（ラディカルに、時代の常識に挑戦する姿勢をさす）であつたとは言へるであらうが、そのことと、NHK歌壇（教育テレビ）やNHK学園の数々のイベントに出演し、朝日カルチャーセンターや中日文化センター等で講師をしてゐる自分とは、当然、照応してゐる筈である。内面で妥協し合つてゐる筈である。そのあたりが、自分でもよくわからない。よくわからないと同時に興味ふかく、いつか分析してみたいと思ふ。

なほ、一九八九年、わたしは国立豊橋病院（内科医長が最終官名）を退職し、京都精華大学人文学部教授となつて、九八年三月定年退職するまで勤めた。この大学は、男女共学の四年制大学で、わたしは日本詩歌論を講じた。はじめ豊橋から、のちには東京から毎週通つたのであつて、京都には結局住まなかつた。これが契機になつて京都、大阪など関西地方に親しむやうになつた。

一九九四年から長い間「短歌往来」に連載させていただき、今度また、第三巻を単行本として出すことになつたが、その間、書房社主の及川隆彦氏には、お世話になり続けたのであつた。

かうして回想の形で、自分の生活と意見をのべる機会を与へられたことを、世上でも稀なことと思ひ、めぐまれたことと思つて感謝してゐるのである。

二〇〇〇年八月吉日

岡井　隆

挫折と再生の季節 —— 一歌人の回想《メモワール》

2000年10月18日　初版発行

●著　者●
岡井　隆

●発行所●
ながらみ書房
〒101-0061 東京都千代田区三崎町3-2-13
秋和ビル406号
電話　03（3234）2926
振替　00160-1-124298

●発売元●
はる書房
〒101-0065 東京都千代田区西神田1-3-14　根木ビル
電話　03（3293）8549
振替　00110-6-33327

●印　刷●
藤印刷

●定　価●
2300円（税別）

ISBN 4-89984-011-X　C0092